七つの愛の物語

安田萱子

鳥影社

七つの愛の物語

目次

月の舟

その日、久しぶりの休日で、わたしは、わたしが離れを借りている宮原さんの家族に誘われ、山の畑へお茶摘みに行ったのでした。

宮原さんは、この土地が半農半漁の昔から辺りでは大きな家で、蜜柑山も沢山持っています。最近では、蜜柑は作っても全く採算が取れないそうですが。

海近くにある家は古く大きくて、わたしが今いる所は、以前は隠居所だったそうです。近年建て直した母屋より、もう一時代前の建物で、古びてはいますが、柱や梁は太く、今もしっかりしています。

六畳に四畳半、縁側と簡単な水屋、縁側の前には小さな庭さえあって、これは低い四つ目垣で仕切られています。贅沢なものです。風呂場はないので、履き物を履き、母屋まで渡って行かなくてはなりませんが、そんなことは苦にはなりません。風呂を使わせて貰えるのはありがたいことです。

温泉の多い、この半島を巡る国道に沿った店で働く、わたしのような一人者には、身分不相応な住まいと言えるでしょう。同じ店で働いている春日さんは、四畳半一間に住んでおられます。もっとも春日さんはそうやってしっかり貯金を殖やしていますが。

店は、隣町にある古いホテルが出している和食どころです。気取った店ではなく、食堂といった方がぴたりときます。お刺身定食、てんぷら定食、海老フライや麵類もあるというドライブ客相手の大きな造りの店。広い駐車場もあります。

働いているのは、レジや洗い場も含めて十一人、マネージャーはホテル経営者の息子で、気の措けない、ひょろりとした若者です。女の人たちは、わたしより年かさの人が多いのですが、皆親切です。わたしが怖いのは、板前の合田という男だけです。

店に勤めてまだ間のない時、わたしは定食を盆に並べていく器の置き所を間違え、合田にひどく怒られたことがあります。

「あんた、何やってんだ！　常識ってもんがないのか？」

怖い目でわたしを見た合田に、低い、力のある声で叱咤された時は、本当に竦んでしまいました。そんなふうに人に叱られたことかなかったので。

実家の父は、わたしには気弱でしたし、以前勤めたスナックのママはぽんぽん言っても怖くありませんでした。

合田は大きな男で、まるで堅い茶色の木で彫られた人みたいに見えます。がっしりしていて、何も言わない時でも威圧感があるのです。

滅多に笑わないいし、気安い冗談も言わない。包丁を握っている時は緊張しているのか、こちらが声を掛けるのも憚る程です。表に立つマネージャーの軽みと、裏方である合田の重みは、一つの店の中では、それなりのバランスを保つのに役立っているのかもしれませんが。

皿洗いのおばさんたちは、合田が怖くないのか、屈託なく喋りかけたり笑ったりしていますが、わたしは彼に必要なこと以外の話はしません。合田は無口ですし、わたしは初めに怒られた印象が消えないので、休憩時間の時でも、例えば仕事以外に渉る話をしたりできないのです。

仕事の会話というのは、「皿！」とか、「椀！」とか、「ほら！　これ、早く」といったように、言葉ひとつで済んでしまいますし、これは会話ともいえません。

わたしより古くからいる春日さんによれば、合田は親切な人でもあると言います。わたしが勤める前ですが、調理場で脚に熱湯を零して火傷をした見習いの少年を、店の忙しい時間だったにも関わらず流水で冷やした後、合田は自分で病院まで連れて行ったということです。

店は、わたしの部屋から海沿いの道を歩いて十五分位の距離にあって、バスもありますが、雨でも降らなければ滅多に乗りません。歩く方が気持ちがいい。店が開くのは十一時で、それより一時間半前に入ります。昼頃から二時過ぎまでは昼食のお客、四時位からはまた、早い夕食を取って行こうとする人たちが入ってきます。午後、ちょっと客の途絶える時間に、交代しながら食事を取る休み時間があります。

連休の時や年末年始は、国道は渋滞し、時間構わず食事を取ろうとするお客も多いのです。山を通る道路もありますが、この街がその付け根にある半島を廻るには、ほとんどの車が海沿いのこの国道に集中します。

勤めてまだ二年にしかなりませんが、わたしは宮原さんの離れから毎日店に通う生活にすっかり馴染んだ気がしています。一人きりですから、勤めを持っていなかったら、誰とも言葉を交わさずに一日過ぎてしまうこともあるでしょうし、食事だって食べたり食べなかったり、と勝手になってしまいます。眠りだってそうです。

仕事をし（というのはわたしの場合、大きな盆を持って調理場とお客のテーブルの間を数え切れない位往復することですが）、お客や同僚とも話をし、休憩もし、決まった時間に帰って行く。生活にリズムがあるのはいいことなのでしょう。

わたしの住んでいる離れは広い庭の端にあって、周りには植え込みや、大きな木がありま す。外は車も通る道ですが静かなのです。樹木というのは、思ったより音を遮るものなのですね。

母屋とも、くっついてはいませんから、夜中など、まるで森の中のようにしんとしてしまいます。海も近いのですが、嵐の時でもなければ、波の音は聴こえません。高くはない優しい山並みが、入り江を深く抱いている地形のためでしょうか。

お茶の葉を摘むのはかなり高い場所にある宮原さんの畑です。わたしたち、宮原さんの奥さんとおばあさん、他に親類の人の女ばかり四人は、長閑な行楽のようにゆっくりと上って行きました。

山を巻く形の道は舗装されていて、歩き難くはありませんが勾配はあります。五月の空は明るくて、樹木や花のいい匂いがしていました。

道の両側の、低く積まれた石垣の上のほとんどが蜜柑畑です。もっとも、手のなくなった家の畑は荒れたままになっている所も随分あります。荒れると、その辺りは自然に笹竹の生い茂る厚く見通しの悪い垣のようになってしまいます。少し不気味です。

消毒したり、枝を下ろしたり、摘果ということをしたり、蜜柑作りも一年を通していろいろと手が掛かるようです。青果店やスーパーで蜜柑を買っていた頃、わたしはそんなことは全然知りませんでした。常緑樹であることさえも。

道を上りながら振り向くと、その度に背後の海は、覗いたり隠れたりして見えました。それは山と山の間に折り紙の三角形のように眺められましたし、また〈逆の台形〉となっても見えました。

目的地に着くまで、わたしは幾度も振り返っては来た方を眺めました。柔らかく坂道を曲がる度、風景は違って見えて来るのです。まるで絵の本の頁を一枚一枚めくっていくようで、とても新鮮でした。

宮原さんのお茶の畑は開けた場所で、一望に、というのでしょうか。遮るもののない眺望が現れました。山の斜面に低い石垣を築いて段が作られ、その一段ごとの縁に陽を浴びたお茶の木が並び、新芽を出しています。

わたしは、摘み取り方を教わりながら、まだ人で言うなら赤ちゃんみたいなお茶の葉を摘んで行きました。本当に生まれたてのような、みずみずしい葉でした。

摘みながら、しかし、わたしの目はともすれば、眼下に広がる風景に向けられて行きました。そこでは家々が肩を寄せ合い、三方を山に囲まれ一方を海に展いた街はやすらかに見えました。この土地にわたしはすでに四年住んだのでした。

わたしは始めから、宮原さんの離れに一人ぼっちで住んでいたわけではないのです。もともと、わたしはこの海辺の地には縁も何もない人間でした。隣接する有名な温泉地の名こそ知っていましたが、この土地の名さえ、移り住んで来るまで知ってはいませんでした。

——四年前、東京から、ここへわたしを連れてきたのはあなた。小娘だったわたしを攫うようにして。

あなたは、一人でこの土地とこの家を見付けた。海辺へ、と旅に出て。そして、錦糸町の店で馴染みとも言えぬほどの馴染みでしかなかったわたしに、一緒に住もうと言ったのだ。大川近くに生まれて育ち、陽気な錦糸町という街、「緑」という平凡な名前のスナックで働いていたわたしが〈田舎〉に住めるだろうかなどと、その時、あなたは考えただろうか。あなたの考えに、わたし自身というものの投影があったとは思えない。わたしでなくても、誰でもよかったのかもしれない。

今考えれば、あの頃のあなたは、何かで屈折していたのだろう。そのための衝動だったのだ。でも、わたしはあなたが好きだったし、人を好きになるのは幸福なことだから、——それだけでよかった。

夏の始めだった。わたしは、面白くない顔をしているママに、三年間勤めた店をやめると言い、近くにある家に帰って、父親にあなたとのことを告げた。

実家はすぐ近くだったけれど、当時わたしは店の二階に住んでいたのだ。

わたしと歳が七つしか違わない母。彼女は時として、わたしより子供っぽかった。その母と暮らしていた畳職人の父親は、ワンカップを握ったまま「身体だけは気をつけろよ」と言った。わたしにはそれで充分だった。

実家の土間には、生まれた時から馴染んでいた青畳の匂いが漂っていた。わたしはそれが好きだった。父親はその匂いみたいにさっぱりしていたが、わたしはそれが薄情だったとは思えない。

わたしの唐突な身の振り方に、あれこれ、くどくどと、うるさかったのは店のママの方だった。

「あんたね。だまされてるのよ。あの人、ちゃんと結婚するって言ったわけでもないんでしょ。ちゃらんぽらんよ」

わたしが黙っていると、不機嫌そうにタバコの煙を吐き出して、

「あんたが、イナカに住めるわけないよ。江戸っ子じゃないの」

と言うのだった。

江戸っ子なんて、とその時二十歳のわたしはなんだかおかしかった。

ママが親切でないわけではなかった。ママは、死んだわたしの母親の小学校から中学校ま

で同級生だったし、わたしを小さな頃から知っている。わたしは十七歳の時から、ママの店で働いていた。ママの他には、わたしと、あとはよく入れ替わって、当時はあてにならない子持ちの一人だけがいた。

小さな、きれいでもない店。それでもはやっていて、気のおけない客で夕方からはいつも賑わっていた。スーツ姿は滅多になくて、近くの商店の主人やその知り合いが多かった。ママや私の母を子供時分から知っていたというおっさんたちもいた。

「小学校のクラス会ね。ウチは毎晩」

とママは言うのだった。

ママもそうだったと思うけれど、わたしだって楽しくやっていた。楽しくて、勤めるという文字が当てはまるような気がしなかった。

労働でもなかったと思う。労働っていうのは、わたしには、父親みたいに弁当持ちで、朝から夕方まで働くことを意味するような気がするのだ。それと寡黙なこと（わたしたちは喋るのも仕事だった）。

初めは家から通っていたけれど、家が狭く、おまけに小さな妹ができたりしたこともあって、わたしは店の二階に寝泊まりするようになっていた。もっとも、その部屋も大層狭かったけれど。ママは近くに小さなマンションを持って、そこから通っていた。

階下の「緑」の隣は惣菜屋で、いつもいつも揚げ物の油の匂いが、籠もったように部屋の中に立ち昇って来た。あの油は、非常に疲れた油だったのだろう。

蒸し暑い夜など、おまけに自分にもアルコールが染み込んでいたりすると、その匂いは強まり、ちょっと我慢できないような気がする時もあった。

もっとも冬の夜など、夜食のてんぷらうどんを作るために、それを買いにわたしはよく下りていったものだ。もう店は仕舞いで、惣菜屋の主人はタダで売れ残ったイカの天ぷらなどをわたしにくれた。それらはしどけなく、くたっとしていた。

売り切れて何もない時は、大きな油の鍋から掬い取った揚げ玉をくれた。それをうどんの丼の上から、ぱらぱらと振りかけて食べると、素晴らしくおいしかった。そう、わたしはとても健康だった。おいしくないものなんかなかったから。

十代の終わりの三年間のそうした暮らしは不幸ではなかった。時々、家に帰って小さな妹のお守りをしたり、浅草に連れ出したりした。仲見世の雑踏はいつも温かかった。雑踏の人々の交わす会話も〈共通語〉で、わかりやすかった。誰かが何か大きな声で言うと、見知らぬ人同士でも、一緒に肯いたり笑ったり出来るのだった。

わたしには、あなたとの会話の方がいつも困難に思われた。何をあなたが面白がり、何を面白くなく思うのか、全然判断がつかなかったからだ。でも、わたしが感じたあなたの磁力がそこにあったとも言える。

若いっていうのはへんなもので、理解できる相手をソンケイしないところがある。そう言うと、死んだ母と同じ年齢のママには悪いが、わたしはママのことは理解しているように思っていた。

ママとは、お酉さまやべったら市に一緒に行った。そんな時、ママは陽気でゴキゲンで、

「あたしがトシ取ってやれなくなったら、澪ちゃん、あんた、あの店やんなさいよ」

と言うのだった。そう言いながら、途方もない大きさの熊手を買ったりした。

「商売繁盛しますように」

ママはとっても謙虚だった。

「いやだ。柄じゃないし、お客さん、トシヨリばっかりだもん」

「あんたね。それでいいじゃないか。安心安全だよ。ＰＴＡみたいで」

「ＰＴＡだって。ハハハ……」

わたしはママにあまえていた（「安心、安全」なんて、若いわたしの気にするところでは

なかった)。

もっとも、ママは自分が年を取るなんてことを信じているとは、わたしには思えなかったけれど。酉の市の熊手を買う時だって、ママの値切る迫力と言ったら……。そして、賑やかに締めて、楽しく帰って来るのだった。

カラオケの曲の頁を見るのにメガネを使ったが、顔も姿も華やかだったし、ママは自分でもすごく若く見えることを知っていた。そんなママに比べると、わたしは地味な容姿の娘だった、と思う。「だった」と言うのはおかしいだろうか。それなら言い直さなければ。わたしは地味な娘だと。けれど頭の中に何もないおかげでか、単純で、いつでも明るくいられた、とは言える。今では、少し複雑になっただろうか。わたしにはわからない。

あなたは「緑」にはいつも一人で来た。初めて姿を見せたのが、いつだったか、わたしはどうしても思い出せない。誰かが連れて来たのか。気まぐれにふらっと入って来たのだろうか。

無口だったが、あなたはべつに暗くも気難しい男でもなく、ビールを飲み水割りを飲み、時々やきそばやホットケーキを食べた。身動きすると肘が隣の客に当たるようなカウンターに陣取って、居心地よさそうにしていた。

わたしは、店のお客からは見えない隅で、小さなフライパンを使って、ホットケーキを焼くのが好きだった。粉を篩って作る本格的なものじゃなく、ホットケーキ用にすでにミックスしてある粉を溶いて焼くだけだったけれど。

フライパンを熱くし、粗熱を取ってから、流し込んだ白いどろどろが、やわらかく、黄金色に膨らんでいく過程が好きだった。

ホットケーキは、文字どおり熱く温かく、〈幼い日〉という言葉を連想させるような匂いがした。バターと市販のシロップを添えるだけの簡単なものだったが、それでもその都度焼くだけましで、冷凍をチンして出すだけの店だってあったのだった。

他の客が唄う時、あなたは坐っている一隅から、時々拍手を送った。自分では唄わなかった。タバコも吸わなかったけれど、他人が傍らで吸うのは構わないらしかった。

やはりスーツで来たことはなくて、セーターに折り目などないズボンを穿き、ただ瞳だけはきれいだった。そのように、わたしはあなたを結構観察していたのかもしれない。商売は編集者と言っていたが、詳しいことは何も誰も知らなかったし、知る必要もないことだった。

「インテリ商売みたいだけど、編集者っていったって、いろいろあるからな」と、始終カウンターに陣取っている瀬戸物屋があなたのいない時に言うと、

「競馬新聞の編集だってな」

「競馬新聞なら立派なもんだ」

などと、互いに素性の知った常連には、あなたが少し目障りというか違う種類の男に映ったのかもしれない。

上野の夜桜を皆で見に行こうという話が出て、ある晩、気が揃った者だけで出掛けた。あなたも来た。もう夜も遅い時間だったが、桜の木の下はどこもかしこも人でいっぱい、路上の宴会だった。四月の始めの夜は、まだ寒かった。

見上げると、夜の空が地上の明かりに鈍く染まる中、重なって広がる枝に、無数の白い花が震えているように見えた。黒い枝の屈曲に、花が庇うようにこまかく纏わって、桜は寂しい花だとその春わたしは初めて思った。

その夜、歩いているうちにわたしたちは二、三人ずつに別れて、はぐれてしまった。皆、店で充分飲食を済ませて夜の桜だけを見に来たのだから、はぐれればそのまま帰ればよかった。わたしとあなたが、店の外で二人きりになった初めだった。

寂しいだけでなく、桜には〈魔〉という言葉も似合うのかもしれなかった。

ほとんど身一つだったけれど、わたしたち、あなたとわたしは見知らぬ海辺の街の部屋に落ち着いた。

あなたは何冊かの本、わたしはとりあえず身の回りの物や、衣服を入れたバッグを持って来ただけだった。

「生活費は持つから、何も持たずに、それに要るものはあっちで買えばいいから」

あなたはそう言ったけれど、事実あなた自身は本以外何も持って来なかったけれど、わたしは同棲を始めてすぐに、自分の着るものなどを買って貰うようなことはいやだったのだ。

「一緒に来てほしい。一緒に住みたい。都会はいやだ。海を見て暮らそう。海と澪だけあれば何も要らない」

あなたはそう言った。

何という心惹かれる言葉だっただろう。わたしも、あなたのその言葉以外、何も要らないと思った。そんなふうに、わたしを望んでくれる人が、それまでいただろうか?

当時、あなたは何かで傷ついていたか、自棄的になっていたのかもしれない。あるいは誰かから逃げ出したかったのかしら。後になって、あなたがわたしとの生活からそうしたように。だが、わたしはあなたの行動の背景にはいつも迂闊だった。

新幹線から単線の電車に乗り換えた。小さな駅で降りた。

わたしたちの他、その駅で降りたのは、土地の人らしい中年の男と女の二人しかいなかった。彼らは連れではなかった。小さな改札口、小さな切符売場の小さな窓口、緑が三角に捲くれた壁のポスターと時刻表、本当の木のベンチ、自動販売機はあったが、昔風の親しげな駅舎はわたしの気に入った。

降りた駅が気に入るってことは、幸先がいい、とわたしは思った。

わたしはわたしの決断やあなたと始めようとしている生活に不安がないわけではなかったから、そんなことも吉兆と考えたかったのかもしれない。

駅舎を出ると、急な石の段があった。それを降りると、そこは幾本かの古い桜の木に囲まれ、青い海も見える小さな〈広場〉だった。

桜の木は、すでに鮮やかな緑の葉をつけていた。そして、その向こうに、海がそれ以上に輝いていた。それらを眺めた時、わたしはわたしの選択を祝福されたものと感じた。

あなたはこの海辺の街や宮原さんの家を以前から知っていたのではなかった。あなたはただ、以前電車の窓から眺めた風景を憶えていて、近くの不動産屋に出掛けて、宮原さんが貸しに出していた離れに行き当たっただけなのだった。そのことを、わたしは着いた日の夜、大家の宮原さんに挨拶に行く時に聞いた。

翌日から、わたしたちの生活が始まった。生活という言葉には実質的な、時には堅実な匂いがあるように思う。でも、若かったせいだろう。わたしにとっての生活の感触は、木綿ではなく絹のそれだった。しなやかな、光沢のある生活、どんなことにでもすべやかな心で当たっていけるような。

もっとも実質的な問題は確かにあった。生活に伴う具体的な物のことである。わたしたちは、近くの寂れた感じのある商店街に出掛けて行き、寝具を買い、台所のものを買い、洗濯機と小さい冷蔵庫を買った。電気屋の店員がＴＶも勧めたが、あなたは断った。

好きな食器、コーヒーカップやご飯茶碗や小皿、それから琺瑯のお鍋、ミルクパン、そのようなものを買うのが楽しくないなんて女がいるかしら。わたしは熱中し、迷い、比べたり触ったりして回った。ハブラシやタワシを選ぶのだって、一生懸命だった。わたしは上気し、あなたは、文句も言わずに付いて来て、オカネを払ってくれた。

大家の宮原さんは親切だった。使わなくなって蔵ってあったという座卓と、古い食器棚を引っ張り出してきて、わたしたちに貸してくれた。それらは当然のことながら、わたしたちの借りた部屋にぴったりと納まった。わたしは、食器棚を拭き、買ったばかりの茶碗や皿やカップを並べた。入れるものがとても少なかったので、棚にはたっぷりスペースが残った。大きな木目の浮いた座卓は食事に使い、それ以外の時間は、あなたが原稿用紙を広げる場所となった。原稿用紙は、すぐにハンディなワープロに取って代わられたが、座卓があなたが仕事をする場所には変わりなかった。

新聞は二つ取った。新聞を一紙以上取るあなたに、わたしはちょっとびっくりしたものだ。わたしや家族には、あまり新聞を読む習慣がなかったから。でも、あなたと暮らすようになってから、わたしは新聞に親しむようになった。とにかく好きな紙面だけは。後になって、それは二年後だったが、あなたがいなくなり寂しくなったわたしは、働いて貰った給料で小型のTVを買ったけれども、新聞を読む習慣は残った。以前のわたしは活字というものに馴染んでいなかったが、あなたとの暮らしはそれを変えた。

新聞を読むことだけではない。二年の間に、わたしが変わったこと、あなたが教えてくれたことは沢山ある。愛の方法もそうだ。わたしは、あなたが初めてではなかったけれど、同じような年齢のオトコとの、体操みたいな、ふざけいあいながらの楽しさとは全く違う経験をした。わたしは、あなたによって覚醒させられた。

あなたは（すごく気障に言うなら）戦慄的だったと思う。あなたとの時、わたしは何故か、いつも死という言葉を想った。あなたの行為の中で、死は容易に現れた。非常に近いものと感じられた。あなたのそれは、昼も夜も、日常もなく、現実という言葉さえ遠のいた。

死からようやく蘇生するような目覚めの後でさえ、あなたの腕が再びわたしを抱くと、わたしは水の底へ引き入れられるように、沈んで、沈みながら、水草に似た光の揺らぎを見るのだった。わたしたちは、どこからがあなたで、どこからがわたしか判らなかった。水の中に棲む者たちに、水は限りなくたおやかだった。

初夏、そして盛夏、わたしたちは水着を買って泳いだ。

少しだけ沖に出ると、顔を上げた目の前で、海面から魚が飛ぶことがあった。魚たちは太陽を目指すかのように飛び上がり、瞬間弧を描いて、また海に没した。青みがかった魚は、そのような時、ほとんど透明に見えた。

真夏でも沖の水は冷たかった。潜ってみると、岩と海草が生えた場所は、水さえなければ地の上と全く同じようだった。魚は、鳥のように自在に、素早い動きをしながら泳いでいた。

海の中で、あなたがしなやかにわたしの身体にからむ時、わたしは自分も魚になったと思った。そして、不意に産卵したいとも思った。立ち泳ぎしながら、限りなく産卵できそうな、そんな気がした。緩やかに、しかし繰り返し繰り返しやってくる波頭のうねりに身体を委ねることには、催眠的な陶酔を覚えさせるものがあった。

泳ぎ続けて冷えると、浜に戻り、熱い砂に腹這いになった。時にはそのまま眠った。砂は眠りと同質だった。素朴な浜、素朴な夏だった。水平線の向こうに、湧いては形を変えていく雲のように、クリームみたいに白く泡立った夏だった。

宮原さんの家の二階から、街が海辺で行なう花火大会を見た。黒漆のように塗り籠められた海の上の空に広がる花火は、大川のそれと比べると異様な感じがした。

花火は、一瞬固定されたもののように空に留まり、気が付くと、跡形もなく、悪意のような闇だけを残して消えた。少しの時間、ずれて耳に届く音は、花火のそれではなくて、あたかも低い波音のように聴かれた。海底で大きな岩を、ゆっくりと転がす音のようだった。

大きな西瓜を買い、あなたと二人で食べ切れなかったりした。そんな時、わたしはちょっぴり生家の父や、異母妹のことを思った。小さな妹は赤ん坊の時から、西瓜に目がなかったのだ。でも、そんなことを思うのは束の間だった。黒い種が散らばった西瓜の皿を片づける暇もなく、あなたは、わたしを引き寄せると、抱く腕に力を籠めたのだから。

釣りに行く宮原さんの舟に乗せて貰ったあなたが、カマスをどっさり釣って来たこともある。あのカマスという魚は本当に美しかった。鋭いかたちをしたそのまま、さっと焼いただけの白い身はなんとおいしかったことだろう。食べきれなかった分は、宮原さんのおばあさんに教えて貰って、固くならないように気を付けて干した。あれは、もう金色の秋が来ようとしている頃だった。

秋が深まるにつれ、海の色は青さを増し、十一月にもなると紺色の海面に、氷の破片を撒いたように漣《さざなみ》が立った。風が漣を立てるのだ。それは冷えて来た地上と似て、陸と海が双生児だということが感じられた。

晩秋、冬の始まりの頃になると、もっと強い風が吹いた。山から海へと吹く風は、海のおもてを一層波立て、青ではなく白に、ほとんど純白に見せた。雪原か地上にあるなら、海にもそれに似た風景があった。皮膚に当たる空気も厳しく冷えて、温暖と言われる地にも、やはり峻厳な季節の廻りはあるのだった。

その頃だっただろうか。黄色く冴えた月が縁近く現れた晩だった。あなたはひとつの歌を教えてくれた。

「そうだ。こんな歌があったはずだ」

あなたは腕を伸ばして、部屋の隅に積んであった本の一冊を取り上げた。そして、ささくれた頁を繰った。古い文庫本で、それは、ここに移り住む時、あなたが持って来た数少ないものの一つだった。

あなたはその歌というのを紙に書いた。わたしは今もそれを持っている。あなたの手による文字が懐かしくて、しばしば取り出しては見るうちに、歌の言葉も暗記した。

――「天の海に　月の舟浮け　桂楫《かつらかじ》　懸けて漕ぐ見ゆ　月人壮士《つきひとをとこ》」

「難しいわ」

わたしが言うと、

「天の海原、月が舟、月の若者が漕いでいる」

あなたは呟くように、遥かな目を上げた。

あなたが言うと、わたしにも本当に月が舟のように見えて来るのだった。

海原のように濃く、青い夜空に浮かぶ月の舟、それを眺めていたわたしとあなた、その情景は、わたしの内で、今なお鮮明な記憶として留まっている。

その後も、同じような夜の月を幾度も見たけれど、傍らにいたあなたがいなくなり、ひとりで見るそれは遠く、もうどんな関わりも拒むように、冷たく感じられた。月自身も、舟というより、一枚の丸い鋼みたいに、のっぺらぼうに思われた。

でも、わたしはその歌が好きだった。「天の海原」、「月の舟」、「桂楫」、「月人壮士」といった言葉も、わからないなりに、その響きが好きだった。あなたが書いたからというだけでなく、それらの言葉が、わたしの心を浄め、おおらかにするように感じたのだ。「壮士」というのを、あなたは「をとこ」と読んだ。

あなたは、わたしと外出をしない時は仕事をした。あなたが黙って机に向かっている時、わたしはできる限り音をたてないようにした。あなたが何か言ったわけではなかったけれど、TVの音声を煩わしいというあなたには、静かさが必要なのだと思った。

時々、でき上がったものを持って東京へ出た。一緒に行くか？　と言われたけれど、わたしは宮原さんの離れであなたを待っている方がよかった。わたしは満ち足りていたのだ。

ふたつの部屋を片付け、掃除してしまうと、もうすることがなかった。小さな、しかし幸せな生活だった。でも、あれは、本当に生活というものだったのだろうか？

わたしは散歩に出、小さな名前ばかりの「港」に舫《もや》ってある舟の名前を一つ一つ読みながら歩いた。宮原さんの、「太閤丸」もあった（宮原さんの先代は、太閤さんが大好きだったのだそうだ）。あなたと宮原さんたちが、カマスを釣りに行ったのもその舟だ。

また「太閤丸」は、冬になると夜の烏賊釣りに出た。闇の海に、強い冷たそうな明かりが岸からもよく見えた。あなたに教えられて漁り火という言葉をわたしは知った。

「港」には漁船もヨットもあったが、大きなクルーザーなどはなかった。本当に小さな「港」であった。

暮れが押し迫った一日、宮原さんの一家は餅搗きをして、離れのわたしたちも呼んでくれた。「女衆」は餅米をふかした。盛大な湯気が上っていた。親類の人たちも来て賑やかだった。

餅搗きはわたしには初めてだった。あなたもそうだっただろう。宮原さんは、あなたにも杵を持たせ搗かせてくれた。あなたはセーターを脱いで頑張ったけれど、腰が坐っていなかった。杵に振り回されるようによろめいた。わたしたちは笑い、あなたも笑い出して、すぐ宮原さんの長男と交代した。長男の人は消防署に勤めていた。

搗き立ての、白く、ほんのりと温かなお餅を、土間であなたと一緒にご馳走になっていると、幸せとも不幸せともつかないもので、胸がいっぱいになった。手にしたお餅が、あんまり白く、温かだったからだろうか。それは小さく、柔らかなのにずっしりしていた。宮原さんの質実な、例えば季節ごとの行事を尊ぶ、地に足の着いた生活の片鱗を、わたしもわたしたちの日々に欲しいと思った。

でも、あなたは生活自体には関心がなかったようだ。地に足を着けるということにも、価値を認めていなかっただろう。あなたはどこにも（誰にも）、根を下ろすつもりはなかったのだ。

その意味で、わたしたちは「よそ者」だったし、この土地での「よそ者」というだけでなく、世のすべてからも、よその者みたいな気がした。それは心細いようでいて、いくらかは快適だった。

一年は瞬く間に過ぎた。あなたとわたしは、再び桜を見た。わたしたちが初めてこの土地へ来て降りた小さな駅の桜と、山あいの桜だった。

上野の山の賑わいとは比べものにならない、静かなお花見だった。都市の桜が寂しく見えたのに、ここで見た桜はそうではなかった。冬枯れから蘇ろうとしている、薄緑の紗がかかった山を背景に、桜は華やかだった。見る人がいない山の中でさえ、あるだけの生命を放って咲くことに、歓喜しているように見えた。

二年目、あなたはワープロに向かう時間を増やした。あなたのお金か少なくなってきたのがわたしにも判った。わたしたちは、とても質素に暮らしていたが、どんなにつつましくしてもオカネは要るのだった。

「ファミリーレストランに、パートで行くわ」とわたしは言った。

海沿いのそこには、いつ見てもパートを募る貼り紙があったのをわたしは知っていたのだ。

でも、あなたは賛成しなかった。

「大丈夫だよ」とあなたは言うのだった。

「こうやって、ルポみたいなものでも、少しまとめて書いて持っていけば買ってくれる雑誌もあるから。友人のおかげでね」

事実、あなたの書いたものが名前と共に雑誌に載ることがあった。あなたは、それで稿料というものを貰うのだった。あなたが書いた文章が他の人の名前で本となって出たこともあった。

「書くのはすきだから。ゴーストだっていいさ。それに、他に出来ることもないし」

ゴーストというのは「幽霊」だとあなたは言った。あなたが幽霊なら、わたしは怖くなかった。いとしい抱きしめたい幽霊、でも、後になって気付いた時、あなたはわたしの腕の中から消え去っていたのだけれど。本当にいつの間にか。

あなたの仕事は、少しずつ量が増えた。そして、それにつれて、調べたり取材したりしなければならなくなった。あなたはそう言い、わたしにもそのことは解った。

「小説じゃないから、嘘は書けないし」

「小説って、嘘なの？」とわたしは聞いた。

「ああ、ツクリモノさ」とあなたは答えた。

「あなたは、ショウセツ書けないの？」

「作るってのは難しいからな」

わたしたちはそんな会話をした。

あなたは、もうこの土地を歩き回ったり、宮原さんと釣りに出たりしなくなった。時間がなくなったのだ。仕事先から電話やＦＡＸの連絡がよく入るようになった。時々あなたは徹夜をした。原稿が進まないのか、苛々した表情を見せることもあった。ワープロに向かっていない時は、主に東京に出ていた。関西や九州に行くこともあったようだ。

出掛けて行って、帰って来ない日が多くなった。始めのうちは、そんなことの後では、東京のおいしい店のパンやハムを、どっさり買って帰ってくれたりした。

あなたから連絡があって、何時の電車で着くか判ると、わたしは跳ぶようにして駅まで迎えに行った。わたしはどんなに嬉しそうな顔をしていただろう。記憶を、外側から見るようにして探れば、駅への道を舞い上がるように歩いて行く自分自身の姿が見える。あれから、そんなふうに歩いたことはないと思う。

電車が着き、石段を降りて来るあなたの姿が見えると、それだけで幾日もの一人の昼夜の寂しさは消し去られ、わたしはソーダ水のようにあふれる嬉しさで胸がいっぱいになってしまうのだった。

けれども、そうして何ヵ月か経つうちに、あなたはほとんど帰って来なくなった。わたしたちが、宮原さんの離れに住んで、二年近くなった頃だ。

もともと身の回りの物は、ほとんど持たなかったあなただが、気が付くと残されたのは、あなたにとって重要ではないことが明らかな、僅かな品に過ぎなかった。そして、わたしと。わたしはあなたが残した品を洗濯したり、整理したりして、きちんとしておいた。捨ててもいいように見えるメモの類も取っておいた。あなたか、いつかそれを必要とするかもしれないと思ったのだ（そして、わたしはわたしをも取っておいた。あなたが、いつかまたわたしを必要とするかもしれないと）。

あなたが帰って来ず、連絡もなくなって、わたしは今の店に勤め始めた。生活費がなくなったからだ。家賃も払わなくてはならなかった。宮原さんは、何も催促がましいことは言わなかったのだが。

ひどく遅れた家賃を、わたしがおずおずと持って行ったある時、宮原さんの奥さんは憤っていた。

「いったい、何を考えてるのかしらね。あの人。あんたをどうするつもりなんだろう」

わたしを前にして、奥さんは独り言のように、あなたを責めた。それに対し、わたしは何も言えなかった。何を言えただろう。冬だった。宮原さんの玄関の広い土間は冷え冷えとし、足元から伝わって来る寒さに細かく震えながら、わたしはその言葉を聞いた。

帰りがけ、奥さんは何を思ったか奥へ入ると取って返し、ひじきの煮たのをどっさり入れた丼をわたしの胸に押し付けた。奥さんが磯を掻いて取って来て煮たひじきだった。

離れに帰って、わたしはそのひじきと、少しばかり炊いたご飯で夕食を食べた。ニンジンと薄揚げの入ったひじきの甘い味が、なんだか哀しくて、茶碗のご飯を口に運びながら、わたしは少し泣いた。食事が済んだって、洗うものは一つの茶碗と一枚の小皿だけなのだった。

あなたは帰って来たくなれば、帰って来るだろうとわたしは考えていたのだ。それまでここで待っていようと。

働けば食べていける。働くことはいやではなかった。海辺での生活を引き払って東京へ帰ろうとは、思わなかった。わたしはこの海と山に囲まれた街が好きだったのだ。——

お茶摘みは午前中で終わりました。手は多かったし、宮原さんが自家のお茶を摘むだけで、広い茶畑があるわけではなかったので。摘んだお茶の葉は農協の製茶工場に出して、普段に使うお茶にして貰うのです。

わたしたちは、海を見晴らす草地に坐って、宮原さんの奥さんが作ってきたお弁当を広げました。お菓子の入っていたらしい大きな箱に、おにぎりがいっぱい詰まっていました。海苔と胡麻と紫蘇の。とてもおいしそうでした。

それに奥さんが漬けた沢庵、あとはトリの唐揚げが、これもどっさり。爽やかな山の空気のためでしょう。わたしはどれも嬉しく食べました。奥さんは紙の皿にいっぱい取ってくれました。「濡ちゃんは痩せてるもんね」と言いながら。

「でも、羨ましいよ。わたしなんか、こんな太ってズボンも閉まらないくらいだよ」

一緒に来た親類のおばさんが言いました。

「おばさんは濡ちゃんの倍位、目方あるんじゃないの」

誰かが言うと、

「まさかァそんなにはないよ。でもトシが二倍位だもんね。太ってもしょうがないね」

なごやかな食事でした。

誰かが夏蜜柑を剝きました。いい匂い、というと無造作に皮ごと半分に割ったのを手渡されました。白い薄皮を剝くと、夕月のような実でした。

オナカが満ちると、寒くも暑くもない、ちょうど良い気候のためか、陽に当たって生温かくなった草の上で、わたしは眠ってしまいそうでした。草の呼吸するのが感じられました。遠くの林で鳴いている鳥の声、時折り吹く微かな風の中で、何も考えることなく足を投げ出して淡い水平線の辺りを眺めているのは、本当にいい気持ちだったのです。これ以上、何か要るものかあるかしら？　と思う程に。少なくとも、今わたしは欲しいものはないわと呟きたくなるようでした。

山を降りて来ても、まだ早い午後で、わたしは母屋の人たちに礼を言って別れ、自分の部屋に戻りました。

硝子を開け、空気を入れ替えた部屋で、わたしはお茶を入れ、ＴＶをつけました。あなたはＴＶがきらいでしたが、わたしは、やはり習慣のように見てしまいます。それにＴＶでもつけないと、わたしの離れでは誰の声もしないのでした。

画面が明るくなった時、不意に大きな文字が飛び込んで来ました。

「女優Ｒ、電撃婚約」という赤い稲妻型の文字、それは、こうした番組でよく見るパターンです。そして、ぱっと画面が変わった時、そこにあなたが居たのです。Rと並んで。それは、あなたとその人との婚約の記者会見でした。

わたしは自分の背中と手の先が、一瞬冷たくなったのを感じました。あなたの、婚約、ということが頭にも、どこにも入って来ませんでした。しかし、そこに映っていたのは、あなたに違いなかったのです。名前も間違いなかった。「ジャーナリストの……」という説明が付いていました。

あなたが出ていって二年、あなたは変わっていませんでした。少し疲れたような隈が感じられたけれど、表情は明るく、わたしはなぜあなたがそこにいるかということより、不思議に懐かしさを覚えたのです。わたしは画面から目を離すことは出来ませんでしたが、耳は何も聞き取っていなかった。

耳がどうかしてしまったのか、とわたしは自分の頭を揺すりました。すると、ようやく、その場のものらしいざわめきと、今度は大きすぎるような声が聞えました。

「ちょっと、お二人、手を上げて見せてくれませんか」

そんな声が飛んで、あなたとその人は、それぞれの手を彼らの頬の辺りに上げました。あなたの手には、わたしは記憶がありました。ほとんど痺れるような記憶が。でも、それは、もうわたしのもとへは帰ることのない手だったのです。

そして、あなたの傍らのその人の指は、なんと細く長く美しかったことか。つつじ色に塗られた爪の色も美しかった。手、指のかたちまでも女優さんらしかったのです。あなたとその人の左手には、変わったデザインのシルバーのお揃いの指輪がありました。

あなたは嬉しそうだった。あなたは、ここでのわたしとの生活を曖昧にし、〈わたし自身〉も曖昧にしてしまった人です。別れるという言葉さえなかったのです。それでも、わたしはあなたが嬉しそうだったことを、「よかった」と思いました。

一緒に住んでいた時、いつもいつも、あなたの表情を気にしていた習いがそのまま、今、あなたが幸福そうだったから、わたしはふっと安堵の吐息が出たのです。

でも、その午後をわたしがどう過ごしたか、はっきりとしません。

夕方、宮原さんの誰かが、電話がかかったことを知らせに来てくれました。電話がかかるのは珍しいのですか、それにもわたしは出ずじまいでした（離れに電話はなく、ケイタイも持っていませんでしたから）。

午後から夜、わたしはサントリーの瓶だけを抱いていました。ただ、自分がからっぽという気持ちがしました。何かで充填したかったけれど、その何かが判らず、またそういうものがあるかどうかも、あやふやだった。自分がある、ということもあやふやに思えました。

世界が、ひっそりとなりをひそめているような夜でした。わたしは、その音もなく何も見えない空間を漂っていました。飛び上がる魚のような強い意思も、果実のような重みもなしに。

ウイスキーの瓶だけが、わたしの盾のように感じられたのです。

でも、いつか誰かが言っていたけれど、「どんな夜だって過ぎてしまう」というのは本当らしかった……。熱さと冷たさが、エレベーターを上下するみたいに、繰り返し身体を襲う酔いの中で、わたしはいつの間にか眠ったのでしょう。

何かの音を聴いて目を開くと、カーテンの隙間からぼんやりとした光が入って来ていて、白い朝でした。着換えもせず、昼のスカートのまま、わたしは眠ったようです。TVのあたのことが、眠りの中に紛れ込んだ無体な夢のように思えました。

わたしは鏡を覗いてみました。目も赤くはなく、肌も特別荒れてはいません。酔いの跡もほとんどありませんでした。身体が澄んでいた、と言っていい位に。心もまた、と言ったら人はムリしてると考えるでしょうか。

あなたを見たこと、それも、TVの画面であなたと「女優R」の婚約発表の会見を見たことが衝撃であったのかどうか。衝撃でないはずはないのに、なぜか切り刻まれるような痛みはなかったのです。

わたしは待っていた。あなたの帰宅を待って、宮原さんの離れに居つづけた。ここは、あなたの「留守宅」のはず、そうでなければ、わたしはあの陽気な「緑」や、畳表の匂う実家の土間に帰っていた、そう呟きながら、不思議に苦しさは稀薄でした。もう手も冷たくはなかった。

いつ不意にあなたが戻っても、「お帰りなさい」と朝出た人が夕方戻ったように迎えることを考えていたのに、あなたが姿を現すことはもうないと、いつの間にか、わたしの中で囁くものがあったのかもしれません。時間というのは不思議です。一人で暮らした二年という日々が、わたしにどんなふうに作用していたのか、わたしは時の経過の優しさを感じていました。

わたしたちの生活は楽しかった。そう思えるだけでいいのです。海辺の暮らしが、こんなにも心を満たすものであることを、わたしは二十年間知らなかったのでした。わたしは季節ごと、そして、日によって時によって変わる海の色や、山の稜線を包む薄紫の夕方、澄んだ夜の円らかな月などに、深くやすらいでいたのでしょう。それもすべて、あなたが教えてくれたことだったのです。

都会に帰り、そうしたものなしでやっていくようになったら、自分のどこかが欠け落ちたような、落ち着かない気持ちになるに違いないと思うのです。そこが生まれ育った場所であっても。

そう考えると、あなたの帰りを待っているのか、海や空の光に引かれて住み続けているのか、判らなくなってくるのでした。

あれはいつだったか、一人で過ごすようになってからの、ある夜更け、もう明け方近かったかもしれません。流れ星を見ました。よく「流れ星が消えないうちに願い事をすれば叶う」と言います。その瞬間「あなたが帰って来ますように」と、わたしは祈るべきだったのでしょう。

でも、星の流れた時、わたしはその願い事をしなかった、というより忘れていたのでした。そして、自分が祈らなかったのを悔やむ気持ちも、別段なかったのです。

ママは、あなたを「ちゃらんぽらんよ」と言いましたが、わたしにも、そうした所があるのかもしれません。

いつもの午前のように、わたしは支度を済ますと、宮原さんの庭を抜けて、職場へと歩きました。よろけず、しっかり歩こう、と思いました。これから、本当にわたしは一人になったのかもしれません。それとも、人は生まれてから、ずっと一人なのでしょうか。

しかし、海に沿った街道は通い慣れた道でした。あなたがいなくなってから通い始めたとはいえ、もうずっと昔からそうしているような気がします。眺めも馴染んだものです。

旧道の古びた神社、そこにある大きなムクロジュの木、この木の、黒くて丸い固い実が、羽根つきの羽根に用いられるのも、わたしはこの地で知ったのです。

沖に浮かんだ小さな島の形も、行ったことこそありませんが、今のわたしにとっては親しいものでした。泳いで渡ることも出来るそうですから、決して遠くはありません。いつか、定期的に出ているという船で行ってみよう。今までは考えもしませんでしたが、出来ないことではないのです。

一生懸命働いて、余った時間があるなら、そんなふうに自分の好きなことをしようと思います。あなたが連れてきてくれ、あなたが去ったこの土地で。

自分が何を好きなのか、それも、これから見付けて行くのかもしれません。宮原さんは、わたしを家族同様に遇してくれた親切な家でしたが、あの離れはわたしには過ぎた住まいですから、どこかもっと小さな部屋を探して借りようと思います。

曇りがちの空は、灰色とオレンジの混じった色に見えました。空と交じわった水平線の辺りも、山の上の方も明るいので、雨は降らないでしょう。

来月は六月、ジューンブライド、女優R、あの華やかな人は、あなたの隣で誇らしげでした。

あなたはこの街でこそ、わたしと共住みしたけれど、他の場所では、そんなことは考えられなかったに違いありません。なぜか、そんなふうに思えます。

あなたは遠く遥かな場所で、あの歌の「月の舟」を漕ぐ人のように、わたしの知らない夜の「海原」を漕いでいるのでしょうか。いとしい人を乗せて？　でも、あなたは、今もやはり一人で漕いでいるに違いない、という気がします。「月人壮士」が、多分一人であるように。

湾曲した道を行くと、職場の食堂の建物が見えて来ました。黒い瓦、白い壁、ビール会社から来た立て看板なんかがある、四角い大きな建物です。

店の前の広い駐車場に、誰かがぽつんと一人だけ、立っているのが見えました。目を凝らすと、白い仕事着をつけた、がっしりした身体つきで、合田だと判りました。

合田は、こちらを向いたまま、じっと動かずに、わたしが近付くのを待っているようでした。遠くからも、やっぱり木に彫ったみたいに固く頑丈に見えました。動かないだけになお、そんな感じでした。合田はわたしを見ていました。

わたし、何か失敗したかしら？　反射的に、わたしは思いました。

昨日は休日、その前は水曜日、水曜日に店で働く時に、何かあったかしら？　わたしは忙しく考えました。でも、一昨日というのか、随分前のことのようで、記憶をすぐには呼び戻せないのです。少なくとも、合田が外へ出て来てわたしを待っているほどに、まずいことをしたような記憶は。

わたしは、そばまで来ると言いました。

「おはようございます」

合田の、それまで笑っていなかった顔と身体が、不意に緊張を緩めたように見えました。

「何かあったんですか。外で」

わたしは尋ねました。

合田は一瞬黙ってから、わたしに真っすぐな視線を当てたまま、言いました。彼はいつも相手の目をしっかり見て、ものを言う人なのです。だから、こちらも逃げ出せないような気分になったりします。

「いや、あんたが、もう来ないんじゃないかと思ってさ」

合田はそう言うと、不意に目を逸らしました。

わたしはびっくりして合田を見ました。

それは頑固、傲岸な（とわたしは思っていました）いつもの合田らしくなかった。わたしは合田の顔を見たまま、ゆっくり応えたのです。

「どうして？　わたし、ここ止《よ》したら食べていけないわ」

合田は、ふっと息をつくと、そのまま身体を回し、黙って背中を向けました。広い、まるで、自分が幼い子供だったら、背負われたくなるような背中でした。仕事着の厳しい白さが眩しかった。

わたしも、その背中に続きました。従業員用の戸口を開けると、いつもの調理場の匂いが漂って来、わたしは合田と、それを一つのもののように感じたのです。

「ここにわたしの居場所がある、これからもここで働くのよ。澪……」、そう自分に呟くと、全身がほぐれるように、ほっと安心した気持ちになりました。

先に来ていた人だちか、それぞれの持ち場から、朝の挨拶の声を掛けて寄越します。そこには、間に休日があろうとなかろうと、なごやかな連続した時が流れているように思えました。

わたしも、ここに身を置く限り、自分が千切れることはないのです。

従業員の小部屋にバッグを置き、わたしは髪を包み、エプロンを着けて身支度をしました。そうしていると、身体が背中の方から、ぴんとなって来るのでした。

料理を次から次へと運ぶ、今のわたしにとって大切な仕事です。順序に従って、熱いものは熱く、冷たいものは冷たく、刺身のかたちが運ぶ間に崩れないように、小皿の漬物も彩りが失われないように。

仕事をする合田の、緊張した姿勢を見せる理由が、わたしにも判って来ました。緊張や順序は仕事には付きものなのでしょう。そうでなければ、わたしだって火傷をしたり、何かを壊したりしてしまうかもしれません。でも、あなたに〈順序〉はあったのかしら。

もう春日さんは、たくさんの土瓶や湯飲み茶碗や、積み上げたお盆の前で何かしています。大鍋はガスにかかって、仕事場は、もう今日の日のために立ち上がっていました。

合田も、砥いだばかりのように見える柳刃を手にしています。それはいつものように周囲を緊張させる姿でしたが、同時に、この場所になくてはならない人に見えました。

常連が多かったスナック「緑」と違って、この店のお客は多彩で、一度限りの人たちも多いのです。これから、この辺りにも多いプチホテルへ行こうとするカップルもいれば、おじいさんおばあさんから、幾人もの孫まで引き連れた大家族も来ます。お喋りの盛んな、それでいて、しっかりよく食べる五十代の女の人たちのグループ、かと思えば、料理が冷めるのも構わず、商談をするらしい中年の男たちも見ます。そういう男たちは、話が順調に終わると初めて表情が開いて、「おさけ！」と叫ぶのでした。

母親がいないのか、一人で二、三人の幼い子供を連れ、自分は食べる暇もなく、食事をさせている若い父親が来たりします。そういう時は、わたしも一生懸命、子供の手の届く所に、熱いものや、零すとたいへんなものを置かないよう気を付けたりするのです。小さな子をトイレに連れて行ったりもします。本当に、こうした店にいると、いろいろな人たちを見ます。どこにも人生があるのだなあと思います。

マネージャーが、表から重そうに運んで来た花瓶を出窓に据えました。あちらに向けたり、こちらに向けたり、苦心して位置を加減しています。それは、大きな花瓶から溢れる程たくさんの菖蒲の花でした。

「うわ、きれい！　貰ってきたんですかあ」

若い順ちゃんが大きな声で言いました。

何人かが、ちょっと手を休め、一斉にその花を眺めました。鮮やかな濃紫、わたしは自分も、はっと夢魔から覚めたように、その花を見たのです。

それは背後の窓に広がる海さえ圧倒するような色でした。

〈あなた〉という素晴らしい夢を見ていたけれど、覚めてみると、素晴らしいということだけは憶えていても、それはすでに淡く現実の〈これから〉に繋がるものではないと、菖蒲の色が語りかけてくるようでした。

金曜日から週末は、いつも半島を巡るドライブ客で混みます。わたしは、幾つものテーブルを拭き、椅子の位置を見て回りました。床にゴミが落ちていないかどうかも確かめます。

顔を上げると、硝子戸の向こうの雲が切れて陽がさし始め、今日も忙しくなりそうでした。

（天の海に　月の舟浮け　桂楫
懸けて漕ぐ見ゆ　月人壮士　　萬葉集二二二三）

挿話

その頃、というのは、ぼくがまだ若くて、身体なんかもとてもほっそりしていて、夢としかいえないようなものを、美しいクモの糸のように未来という空へ張ろうとしていた、そんな時分のことだ。

話は逸れるけれど、クモっていうのは可愛いものだ。ぼくは、考えてみると小さな頃からこの奇妙なかたちをした虫が好きで、かれら（あるいは彼女ら）が空中で作業つまり網を張っている時の様子を見ていて飽きることがない。かれらは、べつにコンパスも定規も持ってはいないのに、実に正確かつ精緻極まる網を作ることができる。これは称賛というより、畏敬に値すると思う。それから、ぼくはまた一度だけ「蜘蛛の子を散らす」場面を見たことがある。それは見物《みもの》だった。

小さな小さなクモの子たちの逃げ足、「散り」ようの速さといったらなかった。たくさんの銀色のジンタンの粒が、思い切りぶち撒かれたみたいで、可愛いというより、美しかった。で、ぼくの中ではクモという存在は、美というものと随分近くにある。

ま、クモはいい。クモじゃない。ぼくは、十代の終わり近いぼくの日々を、多分大切なことは何ひとつ知らなかったがゆえに、きれいな空の中に拡げようとしていたのだ。屈折もあったかも知れないけれど、それは光が水に入って行く時のように、小学生の理科の教科書みたいに、極め付きの単純なものだった。ぼくの水は澄んでいて、沼地のそれのようにどろりとしたものじゃなかった。

その春、ぼくは首尾良く大学に合格して、海に突き出た半島の町——確かに「町」になってはいるが、ぼくには今も何故か「村」と呼んだ方がしっくり来る——の生家から、首都、正確には首都の外れの街にやって来た。学園街、と人は言っていたけれど、べつにこれは正式な呼称ではなかった。ただ、その街は古くからあるその大学以外、何ひとつ自慢できるものを持ってはいなかったのだ。

周辺には住宅地や商店街もあるけれど、大学を後生大事に囲むようにして、つまり大学にへばりついているその部分を四方どちらへでも抜け出せばもうどこまでも続くように見える（実際はそれほどではなかったのだけれど）雑木林であり、畑であり、「よその街」だった。大学の創立者は随分変わった人だったに違いない。昔、雑木林と緩い起伏の丘陵——勿論これは今もそうだ——があるだけの、他にはまるきり何もない場所にいきなり大学を作ったのだから。

ぼくの、受験に際しての付け焼き刃的知識によれば、創立者はそのドイナカというより荒野と呼ぶのがふさわしい広大な土地を手に入れると、まずその隅っこに小さな家を建てた。そして、ひとりでそこに住み始めた。その家はあまりに小さくて、広い土地から見ると皿の上のゴマの一粒位にしか見えず、流れ者が突如小屋を作って住み着いたようにも思われ、怪しまれたのだという。確かに「教育」者になろう、などと考え付く人――彼はその時四十代だった――は、怪しむに足る存在だっただろうと思う。「教育」なんて、本当のところ授けるのも受けるのもできることかどうか疑問だ。彼は多分、飛び切りの楽天家だったに違いない。

とにかく、ぼくはといえば、べつに「教育」して欲しくて大学に入ったんじゃないことははっきりしている。そして、家族は、ぼくが大学の課程を終えたら家に帰り（東京などという場所に根付くことなく）、地元の教師か公務員にでもなることを期待しているらしかったが、こちらもぼくが望むところではなかった。

それなら、いったいぼくは何になろうとしていたのか、あるいは何を目的にして大学に入ったのか、と聞かれても、ぼくにも判然とはしなかった。でも、判らなくてもいいと思っていた。ぼくには新しい画用紙みたいなまっさらな未来があって、それは時にちかちかと眩しく、じっと見つめることさえ困難だった。

ところで、闇雲な情熱に駆られた大学の創始者は、自分の熱病を人々に感染《うつ》して回り、美女をくどくよりもはるかに強引に後援者をくどいた。これぞという教師を集めて回った。これは清掃車がゴミを集めて回るように鼻歌まじりとはいかないことであったが、彼は自分の主張が正当であり、正統であり、正義でもあることを、他人にそれと知らぬ間に信じ込ませる能力には長けていたようなのだ。彼の情熱は燃えさかる石炭のようであり、彼自身は止まる事を知らぬ機関車だった。

それから時は過ぎ、途中でいったいどんな事故や脱線、延着や払い戻しがあったかは知らないが、この汽車は軌道に乗り、やがて一定のスピードで動きだし、近くを本物の私鉄の電車が通るようになると、大学の名前は駅の名に冠せられるまでにもなった。

創立者はそれほど年を取らないうちに死んだが、後継者は貰った病をさらに重くし、かくしてぼくの父が入学した頃にはすでに押しも押されもせぬひとかどの大学に育っていたようだった。

とはいえ、それと共に辺りも住宅密集地とか繁華街になっていったかといえばそうではなかった。

駅を降りると、南口にも北口にも小さな「広場」がある。ここは花壇があるが、昔からあったため幸運にも伐採を免れたらしい、数本の大きな欅の木がある。新芽をつける春も、紅葉する秋も、この欅は随分美しい。その下にはポスト、駅へ来る途中では投函を忘れても、不思議にこの駅前のポストでは持って出てきた郵便物を忘れない。駅と欅と赤いポストは、ぼくにとって組み合わされたひとつの風景として、今も記憶に残っている。

駅から真っ直ぐに幅のある道路が南北に延びている。初めから何もなかった土地だから、道路はどのようにも広くも真っ直ぐにもなれた。無論曲がりくねったって。

この南北へ向かう大きな道路を挟んで、商店、郵便局、銀行の支店なんかがある。そして、それらの後ろに住宅地があった。アパートもあった。規制があったのだろう、少なくともぼくが学生の頃は、高層マンションのような建物はなかった。

多くの住宅は樹木のある庭を持っていた。木々はめいめい季節になると花を着けるものが多く、道を入って行けば、春には梅、白木蓮や桜。それから藤、合歓、さるすべり、秋には金や銀の木犀、さらには山茶花といったふうに、いつも何かの花を眺めることができた。ぼくは四年そこに住んだだけだが、その四年間に迎えた季節ごとの花マップのようなものがぼくの中でできてしまったくらいだ。たとえば、春、もっとも早く花をつける梅は、郵便局裏手の生け垣のある平屋の家にある、とか、花ではないが、晩秋、扇型の葉が黄色く積もるように降る銀杏の木は、駅の北側の道路の傍らに立っている、といったふうに。

ある家の外側に面した石垣の途中に、小さなスミレが咲いているのを見つけたこともある。ひょっとすると、その花のつつましい存在を知っていたのはぼくだけだったかもしれない。

住宅地の後ろは、もうほとんど家はない。要するに、街は大学の門前町だった。あとは空が広がっている。空が広く見えるのは、丘陵といってもごく緩やかで、のびやかな平らな土地だからだ。それはぼくには物珍しかった。半島のぼくの家からは、山の傾斜か海か、どちらかの眺望しかないようなものだったから。

ぼくはべつに都会に住みたいと思っていたわけじゃない。だから街は、さしあたりぼくにとってどうということはなかった。用事さえ足りればいいのだ。コインランドリーとか、ビデオ屋とか。

住宅地にある一軒の家に、ぼくは部屋を借りることができた。大学には寮があったが、定員オーバーで入れなかった。

チューリップとひまわりくらいしか花の名前を知らないオトコの中では、ぼくは比較的花についてよく知っている方だろう。それは育った環境のせいだ。ぼくの家は祖母と叔母が生け花を教えている。ムカシからだ。

ウチはいつも花や蕾や枝や、枯れた花や枯れ枝、花器などで溢れかえっていた。それと女。花を習いに来る人たちだけじゃない。だいたい、ウチはぼくを除いて女ばかりの家だった。これが、どういう感じのものか、ちょっと説明するのは難しい。要するに女、オンナ。オンナの着るもの、オンナの履物、オンナの化粧品、オンナの匂いに花の匂い。嗅覚というのはわりと早く鈍麻、つまり馴れてしまうものだというが、それでもぼくが常に「感じていた」ということは、どれほどぼくの家が「オンナの家」だったかということだろう。

無論、父や祖父がいた時期もあった（らしい）。だがふたりともぼくの記憶にはとどまっていない。写真で見るだけだ。祖父が死んだのはぼくの生まれる前だというし、父はぼくが二歳の時、妹が生まれて間もなく、死んだ。

それからは全くオンナの家だ。まず祖母、健在。のみならず、実権は全部握っている。家の中のすべての事について、決定権は祖母にある。ぼくが父の母校である大学に入り、無事卒業し、帰郷して地元で教師になる（であろう）と一人決めしているのも、この祖母である。ぼくがそうなるものと思って疑わない。そういうタイプっているよね。

それから母、叔母（父の妹）、大伯母（祖母の姉）、妹、これだけでもかなりすごいが、ぼくの姉が二年前に結婚するまでは、ぼくは実に六人の女に囲まれて暮らしていたのである。

六人！　のオンナ。それがどういうものか、経験した人間でなければ決してわからないに違いない。しかも、ぼくは彼女たちにかしずかれる王、キング（それならよかっただろうが）ではなくて、オトコなるゆえに珍種と見なされ、大方の話題からは疎外され、力仕事や電気関係（録画をしたりすることも含めて）は一手に引き受けさせられ、便利な下男みたいな扱いしか受けなかったような気がする。

ぼくの家は、「女の帝国」だった。厳密にいうなら、祖母という「女王の国」であった。彼女は権力者であり、元締めであり、祭司であり、ゴッドマザーであり、他のすべての者たちの、ここが最も重要なところだが、優しい庇護者でもあったのだ。

母は、ぼくからみてもごくおとなしい、つまり存在感の薄い人だし、叔母も、大伯母すら、祖母には頭が上がらない。だから、結局この王国または女王国は、うまく収まっていたわけだ。ぼくに関していえば、母親が幾人もいるみたいでもあり、マザーコンプレックスなどという厄介な代物は背負わずに済んだ。そして、今になって思うのだが、母の方も、自分以外の「母的」な人間がいっぱいいるために、ムスコやムスメが果たして自分が生んだ存在なのかどうか、自信が揺らいでしまったのじゃないかという気がする。

ぼくはそこで育った。大学に入って離れるまで、一度も出たことはない。祖母に云わせれば「また当然帰って来る（永久的に）」身の上だった。でも、ぼくは心の中で呟いたよ。ひょっとしてこれを手始めに、大学を卒業したらぼくはこのウチからもっと離れるかもしれませんって。もっとも、ぼくだって口に出してそう云いやしなかった。それに、ぼくはそのウチを嫌っていたわけでは決してないのだ。そんなことはなかった。ただ、そこで、ずっと続いてきて、これからも続くに違いない日々を想像すると、やっぱりちょっと違う生き方をしてみたいと思ったって、当たり前だろう。

大学はなかなか面白かった。ぼくは勉強は、まあ好きな対象ならキライじゃない。参考書をしっかりと集めて、かなりしつこく勉強することだってある。サークルも入った。高校からの続きで写真部へ。これも面白かったが、上級生が威張るのがちょっといやだった。でも、彼らにはそうしてもよい理由があった。つまり、「写真が上手かった」のだ。これはやっぱり尊敬に値することではあった。

部の写真展が時々――大きいのや小さいの――が開かれ、部員の成果が問われる。テーマや具体的な展示の方法が熱心に討議された。ぼくたち個々の部員はあちこちへ出かけ、あるいは出かけず部屋に籠もって、写真を撮り、夥しいフィルムを消費し、夜遅くまでかかって現像した。パネルを作り、指を打ちつけ、批評を仰ぎ、罵倒されたり（先輩は仮借がなかった）、ちょっと肯いてもらったり、した。ぼくにとって、毎日は結構忙しかった。一年はすぐに過ぎた。

春休み、ぼくは半島の家に帰った。本当は、大学が休みでも東京でしたいことはいくらでもあったのだが、例によって祖母は休暇にはぼくが帰るものと決めていて、母をはじめ他の女一群もそれに同調しているのだから、まるきり帰らないというわけにもいかなかったのだ。家は別に変わったことはなく、祖母も大伯母も元気、母は相変わらず従順、叔母はといえば稽古に来る人たち、花屋、そして税務署との折衝に陽気なヒステリーを起こしていた。

稽古日は賑わい、そうでない日も家族だけで賑わった。五人の女は花にかまけ、料理をし、掃除をし、喋り、裏庭にささやかな花畑と菜園を作り、日々は流れ、要するにぼくが大学に入って一年、何も変わってはいなかった。変わらない、というのはいいことだ。そして、その日常が不意に暗転し、何かが変わってみなければ、そのことの宝石のようなきらめきはわからないのだ。

ずっと後になって、ぼくはそれに気付き、胸を刺されるような痛みを感じたことがある。その存在に不安を持たなかった、居るのが当然と思っていた身内を短い年月の間に次々と失っていった頃のことだ。

でも、その春は皆がいた。ぼくが生まれてからずっと馴染んでいた人たちが。そうでなくなる、誰かの姿が欠ける、などということをぼくは考えもしなかった。

帰った日の夕食の後、果物や菓子が並んだテーブルに、まだ皆が座っていた。だいたいぼくの家は、夕食後も各自の部屋に引き上げるなどということがなくて、時には後片付けさえも放って、喋り続けるのであった。ぼくだけは家にいた時から、まあ、勉強と称して二階の自室へ逃げだしたものだが、よくもああ喋るタネがつきないものだと思う。それも、家からあまり出ない連中だというのに（もっとも商売柄、情報だけはいくらでも入ってくるのだった）。

叔母が言った。

「Nの玲子ちゃん、あんたと同じ大学に入ったって、昨日綾さんがよろしく言っていたわ」

Nというのは遠い親戚で、この土地では旧家である。昔程ではないというが、今も山林や果樹園をたくさん持っていた。玲子はそこの一人っ娘だ。親戚ではあるが、それほど親しいとはいえない。母親（それが綾さんだ）の方はよくやって来るが。

「玲子ちゃん、もうそんな年だったかいな」

大伯母がのんびりとT屋の羊羹を切りながら言った(因みに、その羊羹も、祖母の命令の下、ぼくが帰省の度に買って来なければならぬものの一つだった)。

「そうでしょう。玲子さん、私よりひとつ上だもの。勉強よくできたらしいし」

妹は玲子と同じ女子高にいた。

「あんた、面倒見てあげにゃ」

祖母がそう言うので、ぼくは即座に言った。

「冗談じゃないよ」

たとえ同じ大学に入って来たからといって、ぼくには親戚の、それも女の子の面倒なんか見るギリはなかったし、第一そんなことはできっこなかった。玲子の方だってご免だっただろう。

それきり、ぼくは玲子のことなど考えたこともなかったのだが、新学期になってしばらく経ち、五月の連休も過ぎた頃になって、玲子らしい女の子をキャンパスで初めて見かけた。

こんな子だったかな、とぼくが思ったのは、玲子がとてもきれいな少女だったからだ。そういう年齢になっていたのか、それともぼくがそれまで関心を持って玲子を見たことがなかったためか、ちょっと意外な気がした位だった。

玲子の方もその時ぼくを認めて、母親にでも言われていたのだろうか、ぼくに挨拶し、ぼくたちは二言三言話をした。といっても、ぼくたちに話題があるわけではなかった。高校も違っていたし、大学の学部も異なっていた。同じ郷里を持つ、遠い親戚というにすぎなかったのだから。

それからも構内で、あるいは街で、時々玲子を見た。たいてい他の女の子たちと一緒だった。笑いながら歩いていた。軽い、一歩ごとに舞い上がりでもしそうな歩き方をしていた。その歩き方は、他の少女たちともいくらか違っていて、ぼくは玲子のその歩き方が好きだと思った。

乾いた夏が来て、それも過ぎていった。夏休み、ぼくは数人の写真部の仲間と一緒に半島の家に帰り、妹を階下に追いやって二階を占領し、泳いだり、ヨットを帆走させたりして過ごした。

家は民宿みたいになったが、そういう時は、やはり女手が多いことはよかった。こうした「合宿」に関して、祖母は寛大であった。モノワカリがよかった。

ぼくたちは泳ぎ、サーフィンをし、時には防波堤から釣りをした。そして家に帰ると胃袋にしこたま詰め込んだ。新鮮なサカナや貝、海草や野菜といったいいものを。普段、脂っぽい牛丼やハンバーガー、カップラーメンにばかり馴染んだ胃袋は、驚いたり喜んだりしたに違いない。

とても健康的な夏だった。海は青かったし、沖へ目を遣ると、絵本に描かれたそのままの、大きくて影のない雲が、真っ白にふくらんでいた。

そんな日々が、ぼくの青春と呼べるものだったのだろうか。ぼくにはわからない。だとすれば、何と平板で、ある意味で退屈な日々だったのだろう。そんなふうに振り返ることもできる。

大学と、休暇の家と、カメラ。アルバイトやたまさかの小旅行。ぼくが充足していた、と言ったら、あるいは焦燥や、自分を取り巻くあらゆるものへの尖った感情を覚えなかったと言ったら、ぼくはあまりにも若者らしくない若者だっただろうか。


大学に入って三年目の初夏だった。

六月にしては気温の低い日で、朝から雨が降っていた。掲示で午前の休講を知ったぼくは（相変わらず授業はきちんと受けていた）、正門の前にある喫茶店に入った。昼になれば親しいやつらが来るだろうが、差し当たりすることもなかったから。

その喫茶店は、大きな窓のある明るい、どちらかといえば無味乾燥なつくりだったが、かけている音楽はいつもよかった。つまり、ぼくの好みだった。それで、ぼくは時々そこに行って、紅茶を飲み、本を読んだり、ぼんやりして過ごすことがあった。

硝子窓は内部の湿気のある温かさに曇り、すぐ前の通りを行く人たちの姿もぼんやりと輪郭を失って見えた。傘の色だけが、時として、はっとするような鮮やかさを見せて動いて行く。梅雨寒の午前だった。

通るのはほとんど全部が学生で、この街は「学生で出来ている」ようなものだったからなおさら、そんな時間の正門前は、それ以外の人の姿を見ることは稀だった。

運ばれた紅茶を一口飲んで、なんとなく辺りを見回した時、ぼくは窓際の席にひとりで座っている玲子を見出した。玲子は二年になっていたはずだが、ぼくとの接触はなかった。どこかで偶然会えば、年齢に相応しいやりかたでの挨拶を交わす程度、時にはちょっと立ち話をすることもあった。でも、それだけだった。

ぼくが、玲子をその店で見かけたのは初めてのことだった。玲子は、シャツブラウスに紺のカーディガンを重ね、地味な色調のタータンのスカートを着けていた。オーソドックスでとても学生らしかったが、ぼくの目に止まったのは、玲子のブラウスの釦《ぼたん》が三つ目まで外れていたことだ。意識的にか、慌てて着込んだためなのか、くっきりした装いのそこだけが破綻していた。

彼女の白い喉と、細い金色の鎖が見えた。胸が見えるという程では決してなかったけれど、玲子がぼくの妹だったら、そして祖母がこの場にいたとしたら、「だらしないから、釦はきちんとかけなさい」と必ず言うだろうと思う、そんな着方だった。

玲子は一度もぼくの方は見なかった。というより、店の中などひとつも見なかった。飲み物にも手をつけていないみたいだった。しばらくして、ぼくは玲子が窓の外にじっと視線を向けていることに気がついた。といって誰かと待ち合わせているというふうでもなかった。時々、扉を押し開けて新しい客が入って来ることがあったが、その方へは目を向けようともしなかったから。

外は相変わらず雨のようだった。玲子は時々、手をのばして硝子戸の曇りをティッシュペーパーで拭った。細い手首だった。

ぼくは玲子だけを見ていたわけではない。しかし、玲子の緊張した、どことなく一生懸命な様子が、ぼくの視線を、ともすればその横顔に釘付けにした。紅茶を飲み、雑誌を手にしながら、ぼくの目は玲子と玲子の視線の先へと行きがちだった。

誰かがこの時間、前の道を通るのを待っているのだろうか、とぼくは思った。きっとそうだろう。正門前のその道路は、大学にとってというより、この街のメインロードだった。店の中は声高に話をしている者もなく、静かだった。生暖かく、それが息苦しい程、静かだった。玲子だけでなく、店全体が息をひそめて何かが起こるのをじっと待っている、そんな感じがした。

二十分もそうしていただろうか。玲子が不意に立ち上がった。慌てたように傍らのバッグを抱え、レジに駆け寄った。

「ありがとうございます」というレジの声がした時、もう玲子の姿はなかった。小さな稲妻みたいに素早かった。

辺りの緊張が解けた。再び音楽が流れ出した（ように、ぼくには思われた）。

ぼくはぼんやりと窓から外を眺めた。傘もささないで、玲子が走って行く。そして、ひとりの男の後ろ姿に追い付き、並んだ。男が、玲子を自分の傘に入れた。大きな男物の黒い傘の中に。

ふたりは校舎に向かっていた。ぼくの視野に入ったのはそこまでだった。次の時限の始まる頃で、かなりの学生が同じ方向へ歩いていたので、ふたりの姿は遮られた。

それは、偶々ぼくの見たひとつの絵にすぎなかったけれど、ぼくには喫茶店の一隅に背筋を伸ばして腰を下ろし、異様といえる程熱心に雨の外に目を凝らしていた玲子の姿が強く記憶に残っている。まるで玲子の全身が、あたかも玲子じゃなくて、もっと別のもの、例えばぼくの知らない「恋そのもの」になってしまったみたいだった。愛らしい、小さな稲妻みたいな、恋。

その後も、ぼくは玲子とその男が一緒のところを度々見た。大学のある街は狭かった。彼は柔道部では有名らしかった。がっしりと厚い胸板をしていて。耳が少しだけ潰れていた。男が玲子と歩いていると、熊が小さな細っそりした鹿を従えているように見えた。

雨の多い、灰色の日が続く秋が来て、初冬、ぼくは玲子が同棲していることを知った。彼女（彼ら）は、ぼくが部屋を借りている所から、そう遠くないアパートにいた。ふたりはふたりきりの時、どんなふうに過ごしているのだろう。寒い夜、玲子は、あのクマの腕の中にすっぽり収まってしまっているだろうか。森の穴の中で冬眠する動物みたいに。玲子は潰れた耳にキスするだろうか、とぼくは思った。

しかし、ぼくの想像力には限界があるようだった。ある所までいくと、その先へは進まなかった。

ふたりが一緒に歩いているのをたまに見かけた。もっとも、クマは男たちとよく連れ立っていて、ぼくが彼を目にするのは、そんな時の方が多かった。

男と一緒の時、彼を見上げる玲子のまなざしには、やはりあの喫茶店で見たような一途さがあった。その頃ぼくが彼女に覚えたのは、ある痛々しさだった。

凝視することでさえ、壊れそうな感じがあった。やさしくしてもらっているといいとぼくは思った。具体的に彼がどんなふうに玲子を扱うのかということより、玲子のまなざしに応えるやさしい男ならいいと思った。

玲子は無論大学に来ていたが、ぼくが彼女を初めてキャンパスで見た時とは違っていた。といって、どこが違うのか、ぼくにもよく判らなかった。単にそれは彼女の時間的な成長によるものかもしれなかった。いつかのように、釦をひとつ余計に外してしまっているような印象は相変わらずあった。あの、一歩ごとに舞い上がりそうな、ぼくの好きな歩き方はもうしていなかった。

時折、偶然会うと彼女はぼくに微笑したが、それもなんだか疲れたみたいな微笑みだった。美しくなってはいたが、ぼくには、川原で可憐に咲いていた野生の撫子が、妖艶な蘭にでも変化してしまったような気がした。

週末など、たまに実家に帰っても、ぼくは家族に玲子の話はしなかった（どうしてする必要があっただろう）。玲子のことが話題になることもあったが、ぼくは家の人たち、つまり女たちに、彼女とクマのことを告げる気にはなれなかった。しかし、いったい何処から？と、訝しく思ったことに、玲子が誰かと同棲しているということはじきに郷里の知るところとなったらしい。

「まだ学生の身で」（もってのほか）というのが、祖母の断固、厳然たる言葉で、ぼくの妹が「いいじゃない？　学生だって、結婚なんてしなくたって。私だって好きな人がいたら、一緒に住みたいわ」と言って叱責をくらった。祖母の言葉は、妹を除いた一族のものでもあるようで、そんな連中に、ぼくが玲子に感じる痛々しさや、「やさしくされているといい」という思いを抱いたことなど、言っても理解されなかったに違いない。

母はそういう時、祖母と一緒になって、妹を叱ったりはしない。いつものおとなしい、おどおどしたような微笑みを困ったように浮かべるだけだった。

ぼくから見れば、玲子がクマと居て、幸せなのかどうかわからなかった。あの軽やかな歩き方をしていた時の玲子の方が、ぼくの単純な見方による限り、幸福そうだったから。もっとも、幸福でありさえすれば、それでいいのかどうかはわからない。それに、他人の幸福や不幸なんてものは、外から見ただけでは、まるきり見当違いということだってあるだろう。

それもまた雨の日だった。一日中降り続いた雨の日だった。

ぼくの中で、玲子はいつも雨と一緒になっている。おかしなことだ。玲子は澄んだ秋の清明な空気に立っているのが一番似合う女の子に思えるのに。小さな、風に吹かれる川原撫子。けっして蘭なんかじゃない。湿った情欲っぽい子じゃない。でも、これはぼくの幻想、ぼくの願望というだけだったのか。

ぼくは書店に、その日発売の写真の雑誌を買うために出かけた。二種類のそれを買って帰る途中、玲子に出会った。玲子は駅の方から歩いて来たようだったが、手には何も持っていず、白い傘だけを握っていた。日の暮れるのが早い晩秋で、時間はそう遅くないのにもう真っ暗だったし、ぼくがうつむいて歩いていたためだろうか、いきなりのようにバーバリーのコートを着た彼女にぶつかりそうになって、びっくりした。

玲子もびっくりしたみたいだった。どちらも目の前のものに気付かなかったのだ。寒さのせいか、彼女はひどく白い、というより青白い顔をしていた。バーバリーのコートからのびた細く長いきれいな首が、ちょっと放心したような表情を支えて、玲子は、それまでぼくが知っている中で一番大人っぽく見えた。

「元気でした?」と先に言葉をかけたのは玲子だった（たまに会うと、ぼくが「郷里の先輩」であるからか、他人行儀からか、玲子はいつも丁寧な言葉遣いをした）。

ぼくは慌てて肯いた。そして、「君も?」と言った。なんだか他の言葉が出てこなかった。「あんまりゲンキじゃない」、言葉がくだけて（これも、〈釦が外れた〉ように）、ちょっと微笑を見せた玲子の横顔は、頬が削げたように締まって見えた。白い傘の下。ひややかな空気の中で、その横顔は妙に嵌《は》まっていて、もしぼくが「婦人科」のカメラマンだったら、食指をそそられたかも知れなかった。

玲子はふっと、ぼくに向かって、自分のアパートに寄らないかと言った。何故、玲子が唐突にそんな言葉を口にしたのか、ぼくにはわからなかった。

玲子白身にもわからなかったのではないだろうか?

ぼくは随分躊躇した後、多分好奇心からだったと思う、玲子の部屋に初めて入った。ぼくの部屋から、そんなに遠くなかった。二階建て（この街は高い建築物を禁じている地域がほとんどだ）の、わりと新しいアパートで、一階は家主の住居らしく、庭もあった。芝の張られた庭は、その時、犬の毛のような色をして、枯れたまま濡れていた。

部屋は狭かったが、二部屋あった。壁に大きな男もののジャケットが掛かっていた。ベランダで、僅かな薄い洗濯物が、萎れた花のように下がっていた。ぼくは目を反らした。玲子は、べつにそれを慌てて隠すというふうでもなかった。

ちいさなキチネットに立って、玲子はかなり強い、しかしおいしいコーヒーを入れて出してくれた。ぼくはコーヒーを飲む習慣がなかったが、玲子の手から渡された小さなカップのそれは、薫り高く、おいしく感じられた。寒い夕方だったし、緊張（そう、ぼくは確かに緊張していた）もあって、何か異国風のその味がぴったりきたのかもしれなかった。

ぼくたちは郷里の話をした。妹のこと、ふたりの家のこと。それから、ゼミや本や音楽のこと。

玲子は喋っていないと不安になるみたいに、僅かな沈黙も避けようとした。話をしていると、玲子とぼくは気が合うところがあった。同じ風土に育った兄妹のような合い方だったけれど（オトコとオンナという感じは希薄だった）。

ただ、ぼくは、明らかに玲子と住んでいると思われる男がいつ帰って来るのか気懸かりだった。外はたっぷりと暗く、無論ぼくは彼女と郷里を共にする友人に過ぎなかったけれど、そうであっても、夜その部屋に上がり込むのは無神経なことだったに違いない。祖母だったら、そんな行動を許しはしなかっただろう。祖母でなくたって、玲子の相手、クマだってよくない感情を抱く類いのことであっただろう。

ぼくたちはコーヒーを何杯も飲んだ。いつの間にか二時間近く経ってしまい、帰ろうと立ち上がりかけた時、玲子の細い手がぼくの腕を押さえた。

彼女は、いつか、ぼくが喫茶店で垣間見た時のような目で、ぼくを見た。それは媚びではなかった。むしろ度を越した真剣さが、醜くも見えた。無言の訴えのようなその瞳の色にぼくはためらった。ぼくは自分の微かな動悸を感じた。そして、落ち着かぬ気持ちのまま、またソファーに腰を落としてしまったのだ。

そんな雨の夜、玲子をひとりにしたら、悪いことでも起こりそうな、理由もなしにそんな気がした。でもそれは、ぼくのエクスキューズだったかも知れない。

玲子はそれからぼくのためにオープンサンドイッチを作ってくれた。コーヒーもそうだったけれど、玲子の手にかかると何でもないものでも、おいしく感じられた。フランスパンを薄く切って、バターを塗り、冷蔵庫から出した何かを載せただけの簡単なものなのに、ぼくにはサーディンのもサラミソーセージのもおいしかった。胡瓜の塩味、固くなりかけたチーズさえ。

その夜、ぼくは自分の部屋に帰らなかった。玲子の求めるままにその部屋で過ごし、空が白みはじめた頃、不眠の頭を抱えて帰ったのだった。

「帰らないで。お願い。もう少し、ここにいて」

玲子がすすり泣くようにそう言った時、ぼくの思考が不意にぼやけてしまった、そのことを憶えている。

もっとも、玲子とぼくには何も起こらなかった。ぼくは彼女が願うまま、一晩中、彼女を腕の中に抱いていた。それだけだ。

玲子はぼくの腕の中で、慄えながら耳を澄ませていた。彼女の長いさらりとした髪が、ぼくの胸にあった。ぼくの喉の辺りに触れているそれはつめたかった。

じっと、ひたすら、そうだった。玲子は男が帰るのを待っていたのだ。ぼくを引き止め、ぼくの腕に抱かれて、何ひとつ許さずに。それは彼女の祈禱か呪術みたいなものだったとぼくは思う。クマがいつから玲子のもとへ帰らなかったのか、ぼくは知らない。ただ、玲子は彼を待って、待ち続けていたのだろう。そして、その帰りを念じるあまり、小さな自己破壊の願望に捉われたのかもしれなかった。男が帰って来ては困るような状況を作ることで、孤独なバランスを保とうとしたのだ。実際、ぼくが玲子を抱えて（本当に、ただ抱えていただけだ）いた夜の間、僅かな足音がしただけで、その細い身体は、一本の棒みたいに強張った。

だが雨の夜は、誰の足音も、その部屋の前に止まらぬまま深くなって、やがて雨がやむのと一緒のように白く明けた。

ぼくは不眠と、多分沢山飲んだコーヒーのためだろう、頭痛がひどく、誰もいない払暁の道を自分の部屋に帰るや、ベッドにもぐりこみ、眠った。


これで、ぼくの小さな物語は終わりだ。それから、もう十年位になる。十年の間に、ぼくは祖母と大伯母を続けて見送った。それから、あろうことか母が再婚した。同じ半島の、ずっと先端にある町の人と一緒になったのだ（同じ半島といっても、そこに行くのは生家から二時間以上かかる）。

あんなに堅固に見えた「女たちの家」の瓦解は早かった。今、その家には叔母ひとりしかいない。彼女だけは変わらず、花を教えている。妹も大学の途中で結婚した。たまに帰ると、稽古のない日など家の中はおそろしい程森閑としていて、自分が育った家のようには思われない。

玲子が、その後どうしたか、無事に大学を卒業したか、結婚したのか、ぼくは何も知らない。とにかく半島の郷里には帰っていないということだ。玲子と共に過ごした夜（やっぱりそう言うべきだろうか？）の後、ぼくは大学でも街でも、あまり彼女を見かけなかった。冬休みになり、それが過ぎ、試験で慌立だしい早春が終わると、ぼくは四年になり、取るべき授業がほとんどなくなったせいもある。

ぼくは無事に卒業したけれど、郷里には帰らず、首都圏のある企業に就職した。ずっとひとりで、都心近くに、小さな部屋を借りて住んでいる。営業をしているから、国内のあちこちや、時には海外に行くこともあるけれど、あの大学の街には卒業以来行ったことがない。今も静かで、雑木林や花を付ける樹木のある家並みがそのままかもしれない。きっとそうだろう。あの街は多分、例外的に「変わらない」もののひとつであるかもしれない。

母にも妹にも滅多に会わない。半島の家には時々帰ってみるけれど、最近ではリゾート開発が進んで、海辺の周辺も変貌した。海そのものだって、以前ほどきれいじゃない。

休日の朝など、ひとりの部屋で乾いたパンを焼いたりしていると、玲子のコーヒーの味を思い出すことがある。苦味のある、でもそれまで味わったことのない不思議においしいコーヒーだった。あの夜の記憶もまた、いささかの苦味があるとはいえ、忘れられないものだ。

そういえば、玲子が同棲していた男、あのクマ、の方は偶然ＴＶで見たことがある。選挙の時で、どこか地方の初当選した若手議員として、支持者に囲まれ、笑顔だった。相変わらず、いや、もっと恰幅がよくなっていた。隣で、しきりと頭を下げているのが、オクサンらしかったが、それは玲子じゃなかった。

それにしても、玲子って、ぼくにとって何だったのだろうね。

多分、何でもなかった。玲子にとって、ぼくが何でもなかったように、だ。——でも、やっぱり、ぼくはぼくの好きだった玲子の歩き方や、ぼくにではなく向けられた一生懸命な瞳の色を思い出す。

そして、それは決してぼくのものではなかったけれど、玲子の全身がある時見せてくれた「恋」のかたちの前では、どんな似たものでも擬《まが》いものに見えてしまう。このことが、今のぼくの不幸なのかもしれないけれど、それは仕方がない。ぼくにもどうしようもない。

ぼく自身の内側は何ひとつ変わっていないと思うのに、きらきらした光はいつの間にかたそがれのように薄れ、ぼくを取り巻く人も風景も、姿を変えたり、消え去ってしまっている。それとも、ぼくがただ、それらがあった、と思い込んでいるに過ぎないのだろうか。

ぼくは、細やかな美しい網を張ることのできない、できなかった、不器用なクモみたいに自分のことを感じている。

日の終りの満月

眠れない夜という経験を、ほとんど持たないぼくにとって、珍しいことに昨夜いつまでも目が冴えていたのは、眠りに就く前、海で見た満月のせいだったかもしれない。すでに梅雨入りしたかと思わせる、ここ一週間重苦しかった空が、昨日は一日よく晴れた。あさぎ色の、薄い、ほとんど溶けていきそうな儚さを感じさせる空が広がった。日曜でもあり、辺りの家々から聞こえて来る声も、傾斜地にあるぼくの家の周囲で鳴き交わす鳥の声も、軽快な爽やかさを表していた。

ぼくの休日の過ごし方は、いつも同じようだ。

仕事に行く日と同じ六時前の起床、山側か海側か日によってこれといった根拠なしに選んで歩く一時間近い散歩、そうでなければ狭い庭の草を取る、木の枝を自分の流儀で刈る――初夏の今はことに伸びるのが早い――ということに始まり、車の掃除、シャワーとか食事とか。目の光が強いわりに、口元はむしろあどけない王健民というピッチャーが好きで、彼が投げていれば昼近くまでメジャーリーグの野球中継を見てしまう時もある。

稀に誰かが訪れれば、昼からでも飲んで話し込む。そんな日曜の過ごし方が、いつしか、といってもこの二年余り定着している。

妻の檸檬が生きていた三年前までは、そんなふうではなく、休日は彼女の意に添って一日を送った。檸檬の多分に気まぐれな、生活の方法が楽しかったから、ぼくが口を出す必要は全然なかった。

粉から練って大量のギョウザを作り（その量にもかかわらず、あっという間に食べてしまうのだが、よくあんなに韮を刻んだり、そのこと自体楽しくはあったとはいえ、果てしないほど具を包む作業をしたのかと思う）友人たちとビールを飲んだ夏の宵。

葡萄狩りに行って、たくさんの葡萄、種々の茸と、幾本かのワインを車に積み込んで帰って来たこと。あれは秋、九月の終わりだった。

勝沼から、ぼくたちの住む海辺の街に帰る途中、強い風雨が襲って、最速のワイパーさえ役立たないほどの中、カーブの多い夜の山道を走った。しぶきの中を走っているようだった。

ハンドルを握るぼくの横で眠った檸檬は、放胆にも、そこだけ小さな小さなケモノでも蹲《うずくま》っているように見え——可愛かった。よく馴らされたペットではなく、本当に小さなケモノの感じだった。

ぼくは山間から彼女を——美しいケモノを——捕獲して来た誇らしい猟師のように、一瞬自分を感じた。

雨は窓を打って降り続け、黒い山肌を巡るカーブの連続は果てしなく感じられたが、ぼくは幸福だった。夜の中を走る二人きりの車は、宇宙を無限に巡る星とも思え、家に帰らずともこうしていればいいいような気さえした。少なくとも、その時、檸檬はぼくのものだったから。

後部の座席に置かれた茸も、葡萄も、瓶のワインさえ馥郁《ふくいく》と匂い立つようだった。

一日中二人でパチンコ屋に籠もった挙句、消耗して帰宅した日もあったし、友人を含め多勢でバーベキューをする時もあった。

檸檬は定見を持たず、何事についても声高になる型でもなかった。料理も上手だったけれど、気が向かない時はキッチンに立とうとはしない。といっても、人が不快になるようなだるそうな仕草を見せることもなかった。

そんな時は、ぼくが料理をした。すると檸檬は何もかも最大級においしがって食べ、ぼくはそのことに満足し、テーブルに着いて自分の手料理に向かうのだった。

檸檬の生きていた時は、始終いろいろな人が訪れて来た。友人、お互いによく知らないようでもある血の繋がる人たち、近くの人、飲む場所で知り合った人、家に来る人たちは多彩で、多かれ少なかれぼくよりも檸檬のもとを訪れている、という気配が仄見えたものだ。

こどもはなかったし、檸檬は陽を透かして燦《きら》く木洩れ日に似ていて、人を招くものがあったのだろう。海と山を見晴らす家の扉は常に（檸檬の手で）開かれていたし。

しかし、あの開放性は檸檬個人の属性であり、「ぼくらの」、「ぼくの」ものではなかったと思う。だから唐突に檸檬が死ぬと、しばらくの間、忌日に訪れて来た人は少なくなかったが――人々は檸檬の遺影を見上げ、それぞれの感情を今は蔵いこむといったふうに項垂れ、合掌したものだが――三回忌も過ぎたこの頃は、もう、そういうこともなくなっていた。

ぼくは一人でいることが多くなり、妻に死なれたというより、檸檬と彼女を取り巻くようだった友人たち（もともとは、ぼくの友人だった人間も多いのだが）の軌道から、一人放逐されたような気分を味わった。

檸檬と彼らは、今も一緒に光り輝く場所をぐるぐる踊り回ったり、そうでなければ盛大にギョーザを作ったり、ＣＤを聞いたり、夏は庭先の沢にも現れる蛍を見たりしているのではないかと想像した。そういう一群が、別の場所に、ちゃんと存在していて、自分だけが不当に排除されている、といった気分に陥るのだ。

家の中で、目の前のささやかな日常的な行為を積み重ねていても、濃淡はあれ、ぼくは鬱屈していた。

しかし昨日の日曜、日めくりがなされた後のぼくは、具体的な起因こそなかったけれど少し違っていたように思う。

気分を変えよう、変えたいとことさら考えたわけではなく、外側からの、みずあさぎの空を媒介としたような活き活きした働きかけを、またこちらも、素直に受け入れた感じだった。

曇天と共に沈滞する、といえば普遍的なことかもしれない。しかし、そこに言わば個々の鬱屈が乗っかる。しばしば1＋1が3とか、それ以上に倍加される状況もあるだろう。

ぼくの場合、檸檬の不在、喪失が「欠け落ちた自身の大きな部分」である、という鬱屈がまず在る。時を遡ることができない。

ぼくたちの間に、そういう期間はなかったが、ぼくと檸檬共通の友人夫婦の場合、不和による一時的な別居の挙句、「相手がいないとどうしようもない」と悟った夫が、妻を呼び戻しに行った。彼によれば謝罪の品々を車に積んで。

謝罪の「品」の中には、不和の原因となった、夫が知人に譲るということで家庭から追放した犬までいた。友人は、わざわざ犬を取り戻し、車に乗せて行った。犬も落ち着かない気分だっただろうと思う。

その友人のような修復可能な状況ならいい（実際、修復はできた！　それからの友人夫婦は、二度と別居などしそうもない）。羨望に値するが、ぼくの場合は苦しい。実際に身体が覚える痛みにもなりうるのだ。それに比べれば仕事に纏わる憂鬱など何ということもない。

午前中、ＴＶをつけると知っている街角が映って、痛ましいことを伝える語り手特有の声だった。アキバでの殺傷事件。そういえば一年前の今日だったと思い出す。

誰もが多少に関わらず閉塞感に喘いでいる、水槽の中に過剰に入れられた魚のように。清明な空気の希薄さによる酸欠状態。結果、無差別な共食いの時代が始まるか、あるいはすでに始まっているのかと一年前に思ったが、その後の、実に速い一年間が過ぎてみれば、無差別といえない事件も頻発したし、ますます狭い水槽的社会が現出しているかとも思う。

少なくとも隣家の洗濯機の音に端を発したような事件は、犇《ひし》めき住む状況では、いつだって起き得る。ぼくの家は、少なくとも軒を接する程には、よその家に近くなくてよかった。

他者に唐突に断たれる生は限りなく痛ましいが、事件に到る加害者の暗い精神の過程を想う時、ただ礫を投げるというだけでは済まないだろうと、曇天の雲に似たものが、こちらの内部まで覆うのを感じることはあったが。

早朝の散歩に出なかったのを考え、午後、ぼくは山道を歩いてみようと思い立った。近くの古道から枝分かれした滝道、まだ入ったことのない道だが、そこにあるという滝を見に行こうと。皿一枚、コーヒーのカップ一つだけの昼食のあとを片付けると、しっかりした靴を履いて出た。湿った山道、湿っていなくても石ころの多い道は、靴が頼りだと、よく歩くようになって理解した。

ぼくの家のある辺りは、高くはないが、隣の町と境をなす山に三方囲まれている。一方は海である。海沿いに国道が延び、国道以外にも平行したり交わったり、さらに小さく錯綜する道があり、少し高い場所には電車の駅があるが、広い意味では山あい、明るい谷に住んでいるともいえる。

商店、郵便局、スナック、複数の医院もあり、海岸通りにはスーパーもある。半島の基部に近く、その先端あるいは途中豊富にある温泉場を目指す車の交通量こそ多いが静かな町であり、その静かさを抱擁し見守ってもいるのが三方の山の連なりなのだった。

ある友人は、ぼくたちが都市から引っ越すと洩らした時、そんな田舎に住むのか？　と言ったが、べつに田舎とは思えない。都市にない海と山の眺望に恵まれているということだ。

農業漁業いずれも、現在専業の家があるようには見えず、その意味でも、ぼくのイメージにある田舎とは程遠い。坂道をまず神社への道を辿り、その石段を上がって行く。

澄んだ初夏だが、朽ち葉が重なり積もっていて、それが古びた不揃いの段々と共に、いい感じだ。登りきるだけで、かなりの高さをかせいで、海、蜜柑畑、遠い山と見晴らしがいい。

別荘地を抜ける。好天の休日にも関わらず人の姿はない。幅広い舗装道路が、山肌を削られた風景の中を、緩く巻きながら上へと巡って行く。

ロープで区切られた土地はすでに建物があったり、建築中だったり――煉瓦の積まれた、その周辺にも人は見えない――草だらけの空き地だったりする。「○○様」と売却済みの標しの場所もある。

かなり力を入れて売っているらしく、ショートカットしたい人のためか、舗装道路以外に、茶色く塗られた木製の階段が斜面に設けられ、装飾的な効果を与えている。しかし華奢なそれらはすぐに朽ちそうだ。

別荘地全体の地形は北向きと思われるが、樹木の匂いや鳴き交わす鳥の声、遥かな海と、場所によっては富士までの見晴らしは、確かに別荘という時にイメージされる爽やかさに相応しい。もっとも、この開発会社は「田舎暮らし」とも謳っていて、その文字からアグリカルチャーに伴う諸々の印象を汲み取るぼくには、「?」もあるのだったが。

別荘地を画している別の道が分かれる所に、「旧街道入口」と小さな札が下がっている。検索すれば「この旧街道は、鎌倉時代から小田原で東海道と別れ、下田までの重要な街道であった」と出てくるが、今通るのは気まぐれなハイカー以外いないといっていい。車も入れない。

「頼朝公が逃れ、松蔭先生が走った歴史街道」ともある。「公」と「先生」と敬称付きだが、後にこの辺りを含め海岸に沿う関東をも掌握した頼朝の、このフレーズにおける姿には負の観がなくはない。武家政治の基を樹立した彼にも苦闘の時代があったのは周知のことだが。

すぐに土と草だけの道が始まり、イノシシの掘り返した、デコボコの痕がある。かなりの力が籠められた「痕」だ。イノシシはミミズが好きだそうだが、湿り気を帯びた、黒々と、土としても上質そうな道に、ミミズはたくさんいただろうか。ぼくの住む場所を囲む山には非常に多くのイノシシがいるらしいが、一度も見たことはない。

馬頭観音、法界萬霊塔、それらは街道に面した斜面、人の歩く位置より少しだけ高い所に建っている。

いずれも江戸時代のもの、石は古び風雨に晒され、鋭角めいたものの一切を失っていて好ましい。樹木の中を辿ってきた旅人は、足を留めて拝んだだろう。馬頭観音は小さく優しい。台座に「村内安全」とある。寛政九年というから、将軍家斉の時代だ。

先を行けば、旅人が休んだベッドのような「平石」、数人が腰掛けてゆっくりお弁当を広げられる広さがある（腰を掛けるには実に理想的な高さ！）。安定感もあり昼寝もできるだろう。

琵琶法師が転げ落ちた「琵琶ころがし」という急斜面。広く刳《えぐ》れた、その部分だけは土の色が露わで、そちら側の端によれば、今にも転げ落ちそうに見える。

膝ほどの高さの石に、左右の字名が刻まれた古い道標。時代劇に出てくる、そのまま。風に耐え、汗を拭き、てくてくとやって来た旅人たちは、その道標を見て安堵したり、急いだりしたことだろう。

檸檬のいた時は知らなかった、関心のない道であった。檸檬以外、何一つ関心がなかった頃というべきか。

法界萬霊塔。馬頭観音より幅も高さもある。彫られた闊達な文字もまた大きい。昔の地境に設けられたものだが、市内にある中では大きいものという。いずれの方角へも行き来しやすい「悪いもの」を追い払う祈念のための塔。

「境」は、場所にしろ時間（夜と昼の境である夕刻のように）にしろ、人が好ましくないものに憑かれる可能性を孕むのだろう。

あわい、隙間、どちらかに属すことのない、それらに入り込む「魔」の存在を、かつて人は恐れたが今はどうだろう。隙間を狙わずとも、今や「魔」はどこからでも入って来るのではないか。

これら、二百年も前に造られた石の塔や観音を山中で見る時、人が祈るということが解るようでもある。ぼくはもともと唯物的だし、祈ったりする習慣はなかったのだが、今は、人が祈るのは食べること眠ること同様、自然なことと感じている。都市を棄て、妻を失い、その結果ぼくが変わったのかもしれないし、単にある年代に達した、というだけのことかもしれない。

檸檬が死んでからしばらく、ぼくは彼女が「境」を越えただろうか、とよく思ったものだ。ぼくが、檸檬の場合考えた境とは、その地点を越えれば、もう再び戻ることのできない場所あるいは線だ。つまり、その位置に達するまでは、引き返し可能なのではないかという想念が、執拗にぼくに纏わっていた。そういう時期があった。一つの死における「死にはじめ〜死におわり」の「〜」の部分を、かなり長いスパンと捉えようとしていた。

その頃だ。ぼくは不眠型ではなく、自然な、しっかりした睡眠を取るのに慣れた身体を持っているのだが、いったん深く眠った後、夢で目覚めることが幾度かあった。

周りに何もない、果ての朧ろな一筋の道で、檸檬の後ろ姿を追う自分の夢。夢の中の妻は一度も振り向かず――けっして振り向いてはいけない、と告げられていたのだろうか。神話のように――ぼくは喘ぎながら妻を追い、現実の息苦しさに目覚め、暗い部屋のベッドに、焦燥の熱さがそのまま感じられる身を起こすのだった。

夢に感じた「まだ　今なら　間に合う　彼女は引き返す　ことができる　ぼくの　自分のこの腕　手が届き　さえすれば」いう想いは、朝になり床を離れて、日常生活の動作に移っても、なお残った。

一日の時間が過ぎていくにつれて、焦りの苦しさは曖昧になり、代わって微かに甘やかでもある悲哀の感情にとって代わられるのだったが。

次第に見なくなった、そうした夜毎の類似した夢の記憶を、今のぼくはむしろ忘れてはならない「大切な持ち物」のように見なしている。

昔は「夢の売買」があった。他人の「立身出世の夢」を買って、その通りに出世した人もあったという。平安の頃か。その後もずっとあっただろうか。

ぼくは、仮にぼくの夢を買うという人がいたとしても、売るだろうか、否けっして売りはしないだろう。セイセイ息を吐きながら、妻を追って走る自分の夢を。

おかしなことに、夢の中では、妻の後を焦りながら追う自分を身体上明らかに自覚していながら、もう一つ、霧に消えている道をすっすっと歩く（飛ぶ？）妻と、その後方の自分の姿、錆びた玩具がギクシャク動くようである惨めな姿を、他ならぬぼく自身が鳥瞰する具合に眺めてもいた。

おそらく檸檬は疾うに境を越えただろう。境が峠か、川か、あるいはいずれでもない茫漠たる所か、ぼくには判らない。どのように手をのばしても届くことはないだろう。それは空虚なのか、救済か？

夢は記憶となり（記憶に育ち）、ぼくにとっては夢の体験を、さらなる夢で稀に遠い高みから覗くという状態になっている。

ウツギが、微細な純白の花をつけている。数年前に檸檬がまとったウエディングドレスが目に浮かぶ。ひっそりした教会、数人がいただけの結婚式、指輪を嵌める時、ぼくの手は慄き、妻（となった女性）の細い指もまた、瞬くようだった。

「夫が花嫁に剣先に付けた指輪を差し出し、貞節を求めた」と「ドイツ騎士物語」にあるが、ぼくはそのようなことは考えず（求めず）、指輪も剣に付けたものなどでは無論なかった。ただ、ぼくは後になってよく、この昔の騎士について考えたものだ。

指輪については、こんな文も読んだ。

——結婚後、その一方が指輪をなくしたり、破損させたりすると、結婚の破綻か死を暗示した。あるいは結婚相手の一方の指輪が自然に壊れると、他方が貞節を裏切ったしるしであるとされた。

檸檬は指輪をなくすことはなかったし、ぼくの贈ったプラチナの指輪は、いかにも繊細なものだったが、壊しも壊れもすることはなかった。

それにも関わらず、檸檬の死そして前段階としての彼女の幾つもの裏切りもあったわけだ。ぼくは、指輪が、かつて考えられていたような〈契約と拘束のシンボル〉とことさら考えたりはしなかったけれども。

教会の高い窓に、鳥がぶつかって異様な音を立て、また飛び去ったのを憶えている。あれは何かの予兆だったのか？　ぼくたちは腕を組んで、教会のきざはしを下りた。ウエディングドレスの裳裾から覗く絹の靴のつま先が、何と小さく愛らしく見えたことだろう。

それから、ぼくたちはカナダに発った。――あれらは本当にあったことなのだろうか。

コアジサイが咲き、奇妙な赤い粒をつけた濃緑の、長い葉の植物がある。赤い粒は花なのか、実なのか。

ホトトギスが鳴く。すぐ近くで鳴く。姿は見えない。意外に愛らしい声。

辿っていく旧街道から右手、羊歯の這う向こうに、ぼくは僅かな踏み跡を見出す。滝への道は、地形的にはその方向であるはず。

旧街道よりさらに多い朽ち葉に埋もれ、細くはあるが、踏み跡は確かにあり、誰が、いつ頃かは判らないにしろ、同じ場所を人が歩いたのだと判る。

すると矢印もテープの標しもない所を行く、未知の人に不思議な親近感が湧いてくるのは、同じ機会によく経験すること。まるで、その人の背中が見えるかのように。

道標の整った、例えば箱根のような山ではあまり抱くことのない感情だ。

樹木、夥しい、手の入れられていない樹木、そして倒木、なぜか斜めの電柱、時折覗く樹間からの眺めは、近くに迫る山肌しか見せない。

三十分で滝に着いた。暗い樹木の繁る、かろうじて道といえる場所を幾分下る感じで歩いて来たが、それまで沢の気配はなく、滝壷が右手に忽然と現れた。

滝そのものは見上げる高さで、水は垂直に落ちている。

屹立した黒く大きな岩肌を、水量は多くないが、かなり高い位置から落ちている滝、その上に沢があるなら目には届かなかったわけで、唐突に現れたのも不思議ではない。

背後、左右の岩は研がれたようで、苔むした鈍い印象すら与える岩を途中見てきた目には厳しく美しく見えた。水よりも、その背景が無言で迫って来る場所であった。

周辺は真昼の陽も届かない仄暗さに静まっていたが、流れ落ちる水だけは自身の本然の輝きを知っており、ひたすら先へ行こうとしていた。

死によって別れることを余儀なくされた妻、そして、分け入って初めて出会った滝、どちらも唐突であったが、滝はあきらかに生きて、急いでいた。

大きな流れになること、海という永遠に行き着くために、一瞬もとどまろうとしていなかった。

ぼくは、足元の不安定な石の上に立ち、見入った。ドウドウと音のするような男性的な滝ではないので、かえって清冽に、けなげにも、見えた。

しばらく、そうして佇んだ後、ぼくは引き返すことをせず、そのまま沢に沿って下った。滝へと辿って来た道は、旧街道と平行しているはずで、そのまま下れば、いつものように隣の市に下りられるはずだった。くっきりしたものではないが、相変わらず道らしきものはあった。沢に沿い、あるいは離れ、また近くなるようにして。

檸檬も行きつ戻りつ、ということをしただろうか。その、彼の岸への道筋で、ぼくのことを考えただろうか。帰って来ることの不可能な状況で、一瞬でも、ぼくへの思いを馳せたか？

その「？」は、常にぼくを苦しめるものだったといえる。檸檬はぼくをあいしていたのか？　そして、こうして生きている自分自身も、果たして妻をあいしていたか。

ぼく自身は、あいしていた。と同時に、そのことによって苦しんでもいたと今は解る。檸檬がぼく以外の男に向ける微笑、彼らに酒を注ぐ美しい象牙の手。

檸檬が帰らない夜は、ことにぼくの内で滾《たぎ》るものがあった（それは「あい」とは関わりのないことだ、と言われるかもしれない）。

「愛」という文字（漢字）が好きではないように、ぼくは、その文字がはらむ何かに怯えていた。ぼくの「愛」が過酷な、激烈な焰の様相を帯びることを。それは檸檬を嫌悪させ、結果として、彼女が、ぼくから遠のく理由にもなるだろうから。

ぼくは穏やかな平仮名の「あい」でよかった。檸檬に対し、抑制した「あい」を抱いて共生したかったのだ。蔓の執拗さあるいは棘だらけの木に咲くバラのような「愛」ではなく。

檸檬は、こちら側の「平仮名の」感情に照応する人間ではなかった。

二つに折って、鋏で切り目を入れた紙を広げれば、左右対称の模様が刻まれる。ぼくと檸檬は対称の形、一対という体をなさなかったと思う。最後まで。心理的にも。

それは檸檬自身のせいではない。いわば彼女が与えられた自然によるもの。ぼくにとって、どうしようがあっただろう。だから彼女の他の男との情事であれ、何であれ、ぼくに死以上の痛撃を与えることは出来なかったはず。それも、今となって解ったこと。

言い換えれば檸檬がどんなふうであろうと、彼女がいなくなるよりは、よかった。ぼくにとって遥かに。

樹木の斜面に、そこだけ引き裂かれたように沢がある。

水は滝同様やはり多くはない。急な沢でもない。いずれ太い川になって、人の住む方へ向かうはずだから、それを下りれば帰ることはできるはず（こう考えて、人はしばしば文字通り進退谷《きわ》まるのだが）。

沢はいかにも暗く湿って、そこには複数の倒木が、なだれ込んでいる。古い倒木であるのは、その苔色を見ても、まだらに樹皮の剝けた後の灰色を見ても判る。沢の窪みに、斜めの橋のように、整然とはおよそ反対の無造作に投げ込まれた姿で倒れている倒木たちが固まっている下は深夜のように真っ暗だ。

沢に下り、彼らの下をくぐり抜けて行くことは出来そうもない。悪意のようなものさえ読み取れる。跨ぐのはどうだろうか、横倒しとはいえ宙にある幹を腹這って伝うことは出来る？　樹幹はすでに朽ちている。

ぼくは沢に下りることは止め、踏み跡を探した。それらしきものはあった。先人はどこにでもいる。感謝しなければ。

しかし、古びた丸太を三本繋げた橋を渡ってから、山肌に付けられていた、あるいはそのように見えた「道」も、わからなくなった。目を配っても明確な道などない。

とにかく下る他はなく、ぼくは倒木を避け、時々沢にも下りながら――方角は判っているので――山から脱けることに努めた。斜面を見定め木に摑まって歩き、沢の石の上を歩いた。

晴れた日なのに歩く場所は狭く暗く、温気がたちこめ、あたかも母体の産道を通って、これから生まれ出るため歩いているようだ。ぼったりと重い母体としての山。夥しい羊歯がどこまでも付いて回る。一枚一枚が大きく、幅も長さもたっぷりある葉。立派というより、異様に見える葉。ぼくが生まれる前から、同じ葉が同じ傾きで、そこに生えていたのではないか？

周囲の木々も足元の朽ち葉も濡れ湿って、仮に火を放っても燃え出しはしないだろう。しかし六月、日は長いのだ。焦ることはないと、ぼくは、ともすれば滑り落ちそうな山肌を伝った。

ようやく前方の梢を透かし砂防ダムの白い壁が見えて来た。遮られることのない、雲の切れ間の陽さえ受けて。まるで別の世界のようだ。巨大、強固な壁に陽の反射するのを、ぼくは眩しく見た。

その無機質な壁の前では、ぼくが通るのに難渋した、太い倒木の塊など極めて脆く感じられる。あれら倒木たちは黙したまま朽ちていくだろう。意思を発信したくても出来ないまま、暗い谷間で。

――だが、どのような過程を経てか再び土か水に戻り、再生することは可能なはず、そう思いたい。

辿ってきた滝道と旧街道は、ほぼ平行した道だが、滝道の方はかなりの時間を要する上、休む「平石」も、馬頭観音もなかった。孤独な道なのだ。

下っていくと、砂防ダムは出来て間もないらしく清潔な白さ、辺りは草が払われ、明るい。途中垣間見た伐採跡も生々しい土色が露わな山、ぼくが歩いて来た背後の山、さらに一方の旧街道を擁す山も迫っているのだが、そこだけは広々としている。

小さなプレハブの小屋があり、中に休日らしく寛いだ男の姿があった。大きく堅固な砂防ダムと、展かれた場所のせいか、小屋も、脇に停められた車も玩具のように見えた。

ぼくは汗を拭い、上着に付着した小枝や土を払った。

振り返って通ってきた場所を確かめようとしたが、濃淡の緑が、こんもり盛り上がっているだけの山は、瞬時感じた悪意など微塵もないようで、風のないせいか一枚の絵のように静かだった。なんだか不思議な気がした。

アジサイの咲く川沿いに歩くと、以前通った記憶のある道と合流した。駅まで二十分ほどの距離だ。

公園がある。マンションがある。大通りのガソリンスタンドの角を曲がって、線路の見える道に出る。

小さなスーパーで缶ビールを買い、ぼくは誰もいない線路脇で立ったまま呑んだ。背の高いタチアオイが何本も、濃いピンクの花を着けている傍らで。

先刻感じたように、今日の午後、ぼくが谷間から産まれ出た自分であるとするなら、という夢想が水のように湧いて来た。ぼくは、まだ妻に会っていないぼくであり、その死にも立ち会っていないわけだと。

すると、ぼくの鬱屈もまた存在しえない。――そのように、谷を歩くごとに、人が生まれ変わることができれば――。

帰宅し、シャワーを浴びると、腕に小さく沁みる幾つかの傷があった。山道で枝の先にでも引っ掛けたのか。

傷、微かに血の滲んだそれは生きている証に違いない。檸檬がいなくてもなお！　もの言わぬ存在だからこそ、死者の力に大きな圧迫を覚えてきたが、生きている側もまた、傲慢な考えを抱くのだろうか。日々を背後にし明日も生きる、と。

夕方、満月を見に行った。

海沿いの国道の下に波音の聞こえる場所。広い水平線に面して、下はテトラポッドを介した岩場である。

六月の陽はなかなか沈まず、七時になっても暗くはない。しかし、気がつけば、その仄かな明るさの中に、もう月は昇ろうとしているのだった。

薄いオレンジ色の月は、ぼくの予想していた場所より右手から昇った。数キロ先にある岬の出っ張りの上から顔を覗かせたので、水平線からの月の出を見るということはできなかった。

海に輝く月光こそ見たかったので、ぼくはじっと待った。夕刻が夜へと移る時間の海を見ていた。狭間の時刻にも、ぼくを襲う魔が存在するとは思えなかった。

暗くなるまで、かなりの時間があった。月は次第に高く昇って、それにつれ色も黄金のような光を増した。

月から、漆の黒い海面に、金箔を散らした帯のような光の道が造られた。夥しく撒かれた金の箔は、絶えず揺らめいて、ぼくをめくるめく想いに誘った。

どれほどの時間そうしていたのか（檸檬も、どこかで同じように、めくるめく思いを抱いただろうか）。

——ようやく家に向かう時、休日の夜のバス停留所に立つ近くのKさんの姿を見た。庭に畑を作って、時々野菜を分けてくれる老人である。

「Kさん」と呼ぶ。

「さっきは、ありがとう」

朝早く彼からレタスを貰っていたのだ（ハムと一緒にパンに挟んで昼食に食べた）。今頃からどこに行くのだろうと思ったが、聞くことはしなかった。

「月が綺麗ですなあ」

Kさんが見上げていう。

海は見えないが、月は天空にまさに皓々《こうこう》と照り渡っていた。

「満月ですね」

「晴れていてよかった。まさに欠けるところのない月ですな。久しぶりに見ます」

ぼくとKさんは並んで、しばらくの間、まるい月を仰いでいた。

やがて、人のほとんど乗っていない明るいバスがやって来た。Kさんは、しっかりした足取りでバスに乗り座席に腰を下ろした。ぼくは見上げて会釈した。

日の終りの満月

軽やかにバスが行ってしまうと、辺りはしんとして、車も来ず人の姿も見えない。停留所の標識が、取り残された人のようにポツンと立っている。

ぼくの一日が、また終わったのだ。檸檬が死んでから、どれほどの日々が過ぎたか。

昼の滝の眺め、夜の月が、目から喉、さらに胸の中まで、水と光を点滴のように落とし続けている。漏刻のように。

癒やしではなく、「溶かし」でもありえず、ただ時を刻んでいるに過ぎないその冷たさが、ぼくには快かった。

SAYA

ほんの少し前まで夏の暑さだったと思いながら、夕方の秋風に押されるように帰って来た。

アパート、階段下の郵便受けのわたしの所に葉書――珍しい往復葉書――がポツンと入っていた。

わたしに手紙は滅多に来ないし、往復葉書というのも貰ったことがない。郵便受けのフタが壊れかけているので、一隅がカギザキみたいになっていた。

この頃暮れるのが早い。昨日より今日というように、一日ごと薄闇の忍びよる時間が早まっていると思う。階段の下は薄暗くて、わたしは葉書がどこから来たのか、確かめることができなかった。

急いで外階段を上がる。階段には赤錆びている箇所があって、そこがこわい。脆くなっている。とにかく古いアパート。

でも、この夕方、わたしに向けて、葉書を書いてくれた人がいたということ、なんとなく嬉しい。ワープロ書きの宛て名ではなかった。

部屋の鍵を開ける。針金一本で開きそうな薄い扉だ。針金なんかなくても、腕ずくでも開くだろう。そう、豪のような男だったら（豪は力があった）。

朝早く出たままの部屋は、わたしの匂いがして湿っている。

上がった所がキッチンというか、台所。フェイスタオル程のステンレスの上にガスレンジが一つ。これはアパートのもの。脇にある小さい冷蔵庫は、わたしが買った。

その隣にユニットのトイレ、ようやく入り込むことの出来るくらいの浴槽（豪だったら、きっとはみ出す）。とても小さいけれど、一人だからこれでいい。むしろ充分。広かったら、お掃除がたいへんだから。

台所の先に六畳間がひとつ、わたしの場所だ。一皿と一つのカップで食事をし、眠り、TVを見る場所。爪を切って、ゆっくりとマニキュアをほどこす場所。ほっこりと、一人という幸せになれるところ。

時々、熱を出すと――わたしはなぜか月に一度熱を出す――昼間からひっそり一人横たわって、僅かな面積の窓から潤んだような空を見上げる場所でもある。空は、たいてい汚れたハンカチみたいな色をしていた。ここに住んで（豪と別れてから）、まだ一年にならない。

窓を開ける。今までの湿った空気が逃げていくように。手を洗う。それから小さな卓の前に座って、葉書を見た。

K先生からだった。というより先生を囲む人たちからの葉書「K先生の古希を祝う会」の案内だった。古希っていうのは？　幾つのことだったかしら。すごくオトシヨリって感じがする。先生はもう、そんな老人になられたのだろうか。昨年、お正月にお会いした時は、おじいさん、といった風ではなかったけれど。

そのようなお祝いなど、先生は今まで、されたことはなく、今度もきっと遠慮していらっしゃるのではないだろうか。わたしが知っている先生は、自分のために何かをする、なんてこととは無縁の人だったから。

わたしは恥ずかしがっているみたいな、先生の表情を想像した。思わず微笑が溢れた。久しぶりの、一人の時の微笑。この部屋に住んでから、自然に嬉しくなる、ということはなかった。

出席と書こう。会は休日の日でもあることだし、ずいぶんご無沙汰している。先生にも奥さんにも会いたかった。

通知がメールでも電話でもなく、往復葉書と何か古風なのも先生らしい。わたしなど、葉書は、手紙もだけど長い間書いたことがない。お祝いの会場も、ホテルのような場所ではなくて、先生の園なのだ。

今わたしが住んでいる町の県、その隣が東京。さらに先の県に園はある。海に面した県だが先生の園は、ずっと山の方だった。山あい、傍らに渓流のある、雑木林の中の園だ。

林には、いつも快い風が流れていた。木々は秋早くから紅葉した。雑木とはいえ、朱や黄の色は美しかった。それらはやがて、風と共に、いつまでもいつまでも尽きないと思うほど落葉し、落葉し続け、地に降り積もった。一つひとつの葉は、拾って比べてみればどれもみな違った模様に染まっていた。ドングリも、たくさん落ちた（豪はそれで独楽を作った）。

そして、葉のすっかりなくなった時の裸の枝もまた、月の光を背景とした夜には美しかった。

「ほら、見てごらん。お月さまの前に、あんなに木の枝がくっきり見えるよ」

そう言って指した先生の声を覚えている。

わたしがまだ、小学生の時。わたしは夜の木の美しさを、そんなふうに知った。木は、月と対話しているかのように、黒い枝を繊細な先端に至るまで、くっきりと広げていた。それはまた夜の美しさでもあった。

先生がそれを教えてくれた。

「お月さま、まんまるね」

先生の傍らで、わたしは月のまるさにも感動していた。

「お月さまは、半分になったり、三日月になったりするけど、また、まんまるになる。今夜みたいに。お月さまは、ずっとずっと昔から、それを繰り返しているんだよ」

と先生は言った。

「まんまる、いいな」

「人にも、いろんなことが起きたって、また必ず、まんまるになる」

先生の言った後の方の意味は、わたしはその時、理解できなかった。でもその言葉は、わたしの頭に今も残っている。すべては欠けても、また満ちるということを、先生はわたしに言いたかったのだろうか。

裸の木といえば、枝に乗った雪が凍って、やはり月にキラキラ輝いているのも、わたしの目には素晴らしく綺麗に映った。そう、漢字で書きたいほど、「綺麗」に思えた。

園の傍らの渓流は細かったが、泡立ちながら、いつも急いでいた。葉っぱを千切って落とすと、たちまち呑まれ見えなくなってしまう、速い清らかな流れだった。その園でわたしは育った。先生と奥さんが育ててくれたのだ。

園といっても、それは公的な施設ではない。先生が造った、ごく小さな私的な園である。

わたしは五歳だった。園に入った時ひどく怯えていて、先生の奥さんにしがみついて眠る夜がずいぶん長く続いたということを、後になって年上の子から聞いた。

先生も奥さんも、わたしに、そんなことはひとことも言わなかったけれど。

当時のこと、初めて園に行った五歳の時の記憶は、わたしの中では定かでない。ぼんやりと、電車やバス、たくさん乗り換えたのを覚えているが、それが園に行った時のことだったのかどうか。それも、よくわからない。

わたしの内側を探ると、「怯えていた」と言われれば、蘇ってくる怯えの残渣《ざんさ》はある。しかし具体的な理由は、ちっとも思い出せない。思い出さなくていい、ということだと思う。誰だって、自分を守らなければならないから、そんなふうに記憶の装置が自然に働くのかも。あるいは、わたしが能天気ということなのかもしれない。ノーテンキ、このへんな言葉は、豪に言われた。豪は、どういう時だっただろう、おかしさをガマンするみたいな表情で、その言葉をわたしに向かって言ったのだけれど。

豪と初めて会ったのも園。豪もわたしも同じ五歳だった。二人共、ほぼ時期を違えずに園に入ったのだった。

一歳の赤ちゃんが一人、三歳か四歳の幼児が三人、それから、わたしと豪。あと七、八人が、その頃園にいた。大きい子供たちは、小学校や中学へ行っていた。皆、園から通っていたのだ。

わたしと豪も、小学校へ入る前一年間、園から少しだけ離れた場所にあるお寺の幼稚園に通わせてもらった。先生と住職は親しい間柄だった。

わたしは豪といつも一緒だった。お揃いの黄色い肩掛けカバンをかけ、手をつないで出掛け、帰った。

幼稚園の最初の頃はずいぶん緊張した。豪がいることは、そんなわたしにとってどんなに心強かっただろう。その時の気持ちは、今もはっきりしている。同じ年だったけれど、豪は強くて、小柄なわたしより身体もずっと大きかったし。

園から幼稚園までは、わたしたちの足で三十分くらいかかった。途中の山あいや川は、自然な遊び場の磁力で、豪とわたしを引き付けずにはおかなかった。幼稚園に馴れてくるにつれ、寄り道をしては先生と奥さんを心配させたものだ。

そんな時、躊《ため》らうわたしを引っ張るのは、いつも豪だった。幼稚園が終わったら、真っすぐに帰るように言われていても（わたしは、先生の言葉を守るつもりだったのに）、季節によってさまざまにわたしたちの好奇心に呼びかけてくるものが、外の世界には満ちていたのだ。

林や川、虫や木の実や野の花や……。

奥さんが、これがそうだと教えてくれたことのある、ワラビを採るために、道から逸れて奥へ奥へと行ってしまった時もある。

とにかく、ふと見るとワラビがたくさん生えていたのだ。わたしたちは、それを摘み取り摘み取りしながら、次第に道から離れて行った。いつのまにか道そのものがなくなってしまい、わたしたちは下生えも少なくなった高い木々の間に、摘んだものをしっかり握って立っていたのだ。真昼なのに、薄暗い場所だった。

その時も、豪がいたから、わたしは全然不安じゃなかった。迷ったということさえ、気づかずにいたのかもしれない。その日の情景も、よく覚えている。

六歳になったばかりの豪が、陽の光が届かない林の中で妙に口を結び締め、見馴れない真剣な表情をしていたことも。先生の葉書は、わたしに園の光景や人々を、さまざまに呼び覚ました。

よい園だった。調理場を預かるおばさんとおじさんは、夫婦で働いていた。いつも、おいしそうな匂いのしている温かな調理場だった。

おじさんは畑を作り、鶏小屋の世話をし、園の軽トラックを運転した。一日に僅かな本数のバスしか通らなかったのだ。子供たちの誰かが病気になった時も、その軽トラックで病院に連れて行かれた。後に先生は軽自動車を購入したが、わたしが小さな頃にはその軽トラックしかなかった。乗せてもらうのも楽しみだった。町へ買い物に行くおじさん夫婦について行く時もあったし（こっそりアイスクリームを食べさせてくれた）、遠くまで遊びに出てしまう豪のような腕白たちを探しに行くのも、時には軽トラックだったりした。

舗装のない道では、車が文字通り軽々と跳ね上がることがあり、天井に頭をぶつけた。わたしたちはキャアキャア言って……、楽しかった。

子供たちは、時々入れ替わったけれど、先生と奥さんは誰にも同じように温かかった。園は明るかった。

今、わたしは、その明るさの背後にどんな闇があったか、どんな気遣いや心労を先生たちが負っていたか想像できる。当時は何も知らず、先生たちが懸命に創り上げた生活の中にいた。守られていたのだった。

園は大家族だった。十畳と八畳の二部屋を開け放して、皆が（先生たちも）一緒に、大きな二つの木のテーブルで賑やかに食事をし、同じ所で教科書を広げて勉強もした。眠る時は男の子だけ二階に行った。

大きな子が中学や高校を卒業して就職し、園を出る時には、つつましいお別れの会があった。皆、涙目になった。

奥さんは、小豆をいっぱい入れたお赤飯を炊いて、

「お祝いなのよ。泣いてはいけません」

って言ったけれど、その奥さんだって、目に何かを浮かべていたのを、わたしは見ている。五歳の時から、わたしはそのお赤飯、そして必ず一緒に出るお煮しめの味に馴染んだ。奥さんの故郷の九州風のお煮しめ。あれは「御馳走」だった。

成長して学校を卒業した時でなくても、園を離れて行く子もあった。時々、不意にそういうことが起きた。

わたしが可愛がっていたのに、いつのまにかいなくなってしまった赤ちゃん。今思えば、引き取る身内の人が現れたのだろう。わたしは、自分の大切なものを奪われた気がして泣いた。そういう時は、先生と奥さんはさりげなく皆に告げるだけで、べつにお祝いはしなかった。

豪とわたしは、二人とも高校を卒業するまで園のお世話になった。長い日々だ。

小学校も高学年になると、年下の小さな子たちの世話をするのが自然と決まっていた。わたしたちも、大きな姉ちゃん兄ちゃんたちに遊んでもらい、勉強を教えてもらったのだ。

わたし自身大きくなってからは、小さな子たちの世話をした。世話するというより、わた

しは一緒に遊び、一緒に入浴し、一緒になんでもやった。

奥さんと調理場のおばさんは、お料理を教えてくれた。わたしは学校の休みの日は、教えられたように一生懸命たくさんのクッキーを焼いたり、切り干し大根を作ったりした。冬には白菜もどっさり漬けた。園に食べ物はいつも豊かにあるとわたしは感じていたが、その陰には奥さんやおばさんの苦労もあったのだ。大きな大きなお鍋は、休まる暇もなかった。常に食べ盛りの子供たちがいたわけだから。

台所のテーブルに並べたわたしが焼いたばかりのクッキーを、ちょっと目を離していた隙に、豪が摑んで逃げ出したこともあったっけ。その時、豪は奥さんとわたしの非難に「毒味」と言ったものだ。

「紗綾が焼いたんじゃァ、砂糖と塩、間違えたかもしれないかンな」

なんて憎らしいことを言った。

でも、豪は僅かな数のクッキーを、年下の子たちにちゃんと分けた。

わたしの名前は「さや」と言う。

「紗綾ちゃんのお母さんは、きれいな、いい名前を付けてくれたのね」

と奥さんが言ったことがある。

あれは、わたしが小学校に入った時だ。新しい学用品や持ち物に、ひとつひとつ名前を付けてくれながら、奥さんが前に座っているわたしにそう言ったのだ。

奥さんの言葉で、不意にわたしの胸に何かがぽっと明るく灯ったみたいな気がした。入学を前にした、寒い三月の夜だった。

その時からわたしは、わたしにとって存在しない母親に、よい感情を持つようになった。それまでは、よくも悪くも、何か空白空洞めいたものがあるだけ。わたしにあったはずの両親に、特殊な気持ちを抱けずにいたのだ。

紗綾という名前を、わたしは好きになり、「さや」という字、少し大きくなってからは「紗綾」という文字を丁寧に書くようになった。母親が、どういう気持ちでわたしにその名を付けたのだろうか、とよく考えた。母親の姿を想像した。

「さや」という音もなんとなく好きだった。

園の皆は「さやちゃん」とわたしを呼んだけれど、豪だけか「さや」と呼んだ。「さや」だけでも、豪がそう呼ぶからというわけではなく、わたしはいやではなかった。

園の記憶は何もかも豪と結び付く。でも、それは当然かもしれない。わたしたちは、わたしと豪は、双子のように育ったのだから。二人とも、親に捨てられたのだから（捨てられたのだ。それがわたしと豪にとっての事実だった。事実をどう受け止めるかは二人の間で随分違っていたと思うけれど)。

春の山菜摘み、春浅い山を歩いた。まだ寒かった。夏の七夕には笹竹を取りに出かけて行った。笹は、歌にあるように本当にサラサラと鳴った。秋は、園の子供たちが通う小学校の運動会に皆で応援に行ったものだ。青い固い蜜柑を持って行った。

そういうすべての時、わたしの目の中にはいつも敏捷に動く、動き過ぎる、豪がいた。それは豪だったが、また、わたし自身のようにも見えた。

しかし、世の双子がそうあるように、性格の面で似るということは、当然ながらわたしたちの場合はなかった。例えば自分の両親に対し、わたしは悪感情を抱くことはなかったが(それは多分にK先生と奥さんの教育によるのだが、わたしの性格でもあった)、豪は違っていた。中学から高校へ入る頃、特にそれが顕著に見えた。黒い目が鬱屈した激しさを湛えていた。園の子供たちの中には、一緒に住むことはできなくても、親が面会に現れるケースはあった。しかし、わたしにも豪にも、そんなことは一度もなかった。他の子が、親と会っている時——それは応接室で切り離されていたが——豪は荒れ、乱暴になった。わたしはおろおろと豪を見、豪が先生に叱られなければいいと思い、一人で胸を痛めた。

園の外で、否応無く見る親子の姿に、豪は非常にナーバスだった。自分の親を憎んでいたように思う。わたしはそれが分かった。わたしが、豪のその感情を共有していたかどうかは別として、豪の考えることはわたしには分かると感じていた。小さな時から一緒だったから。

豪の方は、わたしをそんなふうに思ってはいなかったかもしれない。

中学時代の豪は、実によくけんかをした。学校の帰途、わたしが青くなるほどの現場に居合わせたこともある。相手に傷を負わせるまでには至らなかったが、けんかに躊ったりすることは絶対なかった。

先生や奥さん、そしてわたしも心配したが、豪が理不尽なけんか、あるいは卑怯な振る舞いをすることはないと信じてもいた。実際、豪はするべきでないけんかはしなかったのだと思う。

そのためかどうか、豪といえば、小学校高学年から高校まで同じ男の子には圧倒的な人気があったたし、取り巻きの多いことで目立っていたものだ。

園では、中学だけで学校はやめて就職する者もいたが、高校へ進みたいと思えば行くことはできた。K先生と園を支援する人たちがいたのだ。

その人たちのおかげでわたしたちは生活ができたのだし、豪とわたしも高校へ進学することができた。わたしは感謝している。一人で働き、住むようになってからはなお、その思いは深い。

眠るための場所と食べるものを確保するのは、たいへんなことなのだ。わたしは親に捨てられたにも関わらず、屋根と食事に不自由をしなかった。高校まで出してもらえた。

――豪はどうだっただろう。豪は、園から受け取るものは、いつも当然のような態度で受け取り、進学についても、行かせてもらうといった卑屈なところは微塵も見せなかった。ほとんど傲慢に見えるくらい。

豪はいずれ、自分にかかったものは園に返すという気があった。わたしにそう言ったこともある。

先生は、豪の気概を買っていたらしいけれど、わたしにはなぜか豪が痛々しく見えた。硬い殻の内に、やわらかなものを隠した生き物みたいに。

でも、豪は少なくとも外側はカブトムシだった。そう、園の近所の林では、よくカブトムシを見かけたものだ。

豪からいえば、わたしなどは「あまったれも、いいとこ」だっただろう。

わたしは自分を育ててくれた人たちに深い感謝を持っていたけれど、オカネを返さなければならない、という現実的な部分が欠落していた。オカネで返せるものではないような気もしていたし。

ろくにオカネを持ったことはないので、オカネを便利なものではあっても、人生の重要なものとは感じたことがない。重要なものは、全く別のものと考えていた。今でもそうだ。それが豪のいう能天気につながるのかどうか、それも解らない。

わたしと豪は同じ共学の高校へ進んだ。もうその頃になると、園の生活以外で二人は全く別行動だった。遅い部活の帰りなど、時間が同じになって一緒に園へ帰る時もあったが、そういう機会は少なく、わたしはそれがちょっとさびしかった。多分、豪が思うように「あまったれ」のわたしは、小さな時分と同じように豪に守ってほしかったのかもしれない。

豪はいつも男の友達の中心にいた。豪は女を嫌っているように見えた。てれているわけでもなく、無愛想だった。それでも女子生徒の間では、豪を「カッコイイ」といわれるのが少なくなかったけれど、豪は軟かい人間ではなかった。

高校を卒業すると、わたしはホテルに就職した。そして、やはり園で暮らした。一時間半かけてバスと電車で勤め先に通い、帰ると、奥さんと一緒に子供たちの世話をした。夜勤の後は、真昼、ゆっくりと園への道を帰った。帰る場所があることに、心休まる思いだった。「お帰りなさい」と言ってくれる人がいるというのは、なんて嬉しいことなのだろう。

顔ぶれは変わるが、園に入って来る子供たちがいなくなる、ということはなかった。わたしも次第に知るようになっていたが、どの子の背負った事情も同じではなく、ただ実の両親とは暮らせないという点だけが一緒だった。両親が亡くなっているケースは、むしろ少なかった。この世には無惨な現実がある。

先生と奥さんは、わたしの小さな時と変わらなかった。気負わず明るく、少人数ではあったが、次々と現れる子供たちを引き受け、養育していた。

豪は、高校を優秀な成績で終えて就職すると、会社の寮に入り、園を去った。同時に大学の二部へ入った。しばしば園に遊びに来、そんな時は昔のように（ガキ大将そのままで）、小さい子たちと一緒に遊び、入浴もし、奥さんの作る食事をおいしそうに食べていた。わたしと二人だけで話すことはあまりなかった。

Ｋ先生の会の当日はよく晴れて、朝から秋らしい澄んだ青い空が広がった。

先生のためなら、お天気だって、喜んで晴れないわけにはいかなかったのだろうと思う。

その日、豪が現れるのかどうか、わたしは知らなかった。豪のことは考えたくなかった。でも、わたしは以前豪の好きだったブラウス、ふわっとした薄い生地で、水色やピンクの淡い花の散ったものを着た。前夜、一生懸命アイロンをかけたのだ。それから白いスカート。スカートは会のために、毎日通る駅ビルの店で、貯金をを下ろして買った。

薄い化粧をし、鏡の前に立って、自分の姿を確かめると、わたしは豪が出席しようがしまいが、園に行くことだけで浮き足立つような思いとなった。

久しぶりの、園への電車とバスだった。バスの本数は相変わらず少なかったが、わたしが知っている時刻表は変わっていなかった。

山に入る人たちがよく使うバスだ。バスでは、園でわたしより年下だった明子ちゃんと一緒になった。明子ちゃんは東京で勤めているはず。紺地に白の縁取りのある、テーラースーツを着て、それが改まった感じで、とても似合っていた。

45分かかるバスの中、わたしたちはずっとおしゃべりしていた。明子ちゃんは小さなブーケを手に持っていて、それは先生にあげるため。わたしなんかより、ずっと気が付く。わたしはお菓子を買って来ただけだ。

バスは登山者を途中で降ろしては、みるみる空いて来て、園の近い場所に来た。バスを降り、道路に立つと、紅葉にまだ少し早い樹木の匂いが、いっぺんにわたしを包みこんだ。水を飲むように、わたしは全身でその匂いを吸った。

毎日園にいた時は感じなかったけれど、木々いっぱいの空気は、本当においしいものだった。町に住んでみると、ホテルの人工的な空気の中にいると、それがよく分かる。

木々は枝を揺すり、葉を燦めかせて、わたしたちを歓迎してくれた。登りやすいと言って、豪が、よく高い枝まで登って行っては、下から見ているわたしを心配させた大きな木も、同じ場所に健在だった。

「どこにも行きませんよ、いつも、この場所に来れば会えますよ」と、木は全身で語っていた。

明子ちゃんとわたしは、停留所から緩やかな坂道を上って行った。最近できたホテルが離れた場所に見えるが、辺りは変わってはいない。変わらないというのは心強いことだった。わたしたちは弾むような足取りになっていた。

すると今度は渓流のお出迎えだった。水嵩は幾分多かったが、以前とちっとも変わらず、急いで流れていた。石にぶつかってはねあがる白い飛沫が、木々の葉と同じようにキラキラ輝き、辺りは透明な光と風に満ちていた。幼い時と同じ光と風、ここに来れば、それらに会うことができるのだった。ここで過ごしたわたし（と豪の）の幼かった日々に。

わたしたちは、急ぎ足になった。早く先生たちに会いたくて。

門を入ると、庭にも中にも、もう大勢の人がいた。知らない人もいたけれど、皆が皆にこにこと嬉しそうで、お祝い気分は盛り上がっていた。先生を取り巻いたり、お互いに話し合ったり、遠くから呼びかけたり。

わたしも明子ちゃんも、久しぶりに見る顔をそこここに見つけた。記憶を共有するというのは、なんていいことだろう。先生と奥さんも元気そうだった。

今まで園に来ることはあっても、こんなふうに一堂に由縁のある人たちが集まるなど、わたしの知る限りなかったような気がする。挨拶した時、奥さんも同じことを言っていた。

「最初で最後じゃないかしら」なんて（「最後」では困るわ）。

乾杯と、先生の長年のお友達である老住職の挨拶の後は、もう無礼講みたい。堅苦しいことなんか一切なしで、久しぶりのお喋りと、飲んだり食べたり。開け放した二つの座敷だけでなく、建て増しされた広いベランダや、庭の草の上にも散らばった。あちこちで、大きな挨拶の声が上がり、笑い声がはじけていた。

サンドイッチとビール、甘党の先生のための大きなケーキ。あのわたしの大好きな「お赤飯とお煮しめ」も、お漬物も出ていたし、皆が持ち寄ったお寿司や果物もあった。

園に今いる小さな子供たちも加わって、一緒にはしゃいでいた。その気持ち、わたしにはよく解る。

園の普段の生活は、静かで規則的で質実だった。馴れればそんないいことはないわけだけれど、わたしのいた時だって、お客さまや、たまさかの何かのお祝いは嬉しかったものだ。人生にお祭も要るのよね。

小さな頃のわたしに、とてもよく似た六歳の女の子がいた。わたしたちはたちまち仲良くなって、一緒に庭でお菓子を食べた。陶器の椅子に座って。

その椅子のこと、奥さんは「とん」と言っていたが、どんな字を充てるのかは知らない。古くからある青い模様の入った「とん」は、園にいた時から、わたしのお気に入りだった。微かな薄茶色の線となった罅《ひび》さえ馴染みだった。

花壇の縁取りの面白い組み方のレンガ、鳥の入ったことのない鳥の巣箱、懐かしいものがいっぱいあった。

よく卵を探しに行った鶏小屋はもうなかった。朝、鶏を小屋から出してやるのは面白かった。餌も与えていたが、鶏たちは勝手に虫を食べて太っていた。わたしは鶏が好きになり、一羽ずつに名前を付けてやった。

たまに調理場の大人たちに、「トリをシメル」という話が出ると青くなって逃げ出したものだ。「シメル」なんて、おそろしい。

園で育って社会に出、結婚して、自分の子供を連れて来た人もあった。奥さんは、孫を見るように嬉しそうな顔をした。先生と奥さんの間に実子はいない。代わりに普通では持てない人数の子供たちが常に園に住んで、大人となってからは、さまざまな場所に散らばっているわけだ。

その日、夕方遅くなって、帰る人は帰ってしまい、十数人が残った。わたしもその一人、本当に親しい人ばかりだ。辺りを大雑把に片付け、わたしたちは畳に円く一緒になって座った。残ったものをまとめた皿を摘んだりしながら、満足してくつろいでいた。先生と奥さんも、疲れた顔も見せずにいた。

宴の後の、弛緩したような、ぽかんと誰もが黙ってしまうような間があった。

その時、誰かが不意に尋ねた。

「ところで、豪はどうしたの？　ほら、畑野豪さ」

今まで、誰も豪の名前を口にした者はなかった。

わたしは一瞬緊張し、それから緊張することなどない、とわたし自身に言って聞かせた。その短い間の気持ち、誰にも悟られたくはなかった。

「豪さんは、死んだよ」

豪と親しかった、豪より二歳下の松本新二が、低い声で言ったのをわたしは聞いた。わたしは思わず先生と奥さんを見た。こんな時、冗談言うなんて、と思ったのだ。向こう側に座っていた先生と奥さんが、不意に沈痛な面持ちになった。わたしはびっくりし、手の先が急に冷たくなったのが分かった。

先生が、先刻までとは違う表情で口を開いた。

「実は、皆に言うつもりだったのだけど。――でも、今日のところは、とも思ったし」

先生の声は、洞穴で聞くような、妙にくぐもった木霊のように、わたしの耳に聞こえて来た。今までの先生の声とは、全然違う声だった。

「豪ちゃんは……」

奥さんは、そこまで言うと、不意に、片付けるために着けていたエプロンで顔を覆った。部屋の中を、数分前と全く別の空気が支配して、女たちの間からは小さな悲鳴があがったし、男たちからは驚きの声が漏れた。皆、わたし同様、今まで知らなかったのだと判った。

わたしは身体を強ばらせていた（豪が死んだなんて、ウソよ。ありっこない）。
いつだって強くて、病気なんてしたことがない豪。心もタフだった。——同棲したわたしを、捨てた豪だ。

三年余り前、わたしが園を出、勤め先の近くに住むようになったのは、豪と住むためだった。

不規則な夜の仕事もあるホテル勤め、通勤に時間もかかるので、「お給料も溜まったので、自分で生活してみたい」と申し出た時、先生たちは独立を喜んでくれたけれど、それだけが理由ではなかった。豪と住むということの方が、わたしには大きな要素だったのだ。そのことを、わたしも豪も、園の先生に告げなかった。

どうしてだったのだろう。口では言えない程の世話を受けた、わたしたちのただ一つの身内と同じ、身内以上の存在だったのに。

豪とわたしが結婚すると言えば、先生たちが反対することは考えられなかったし、幼馴染みのわたしたちにとって自然なことと受け止められただろう。

しかし、わたしたちは何も言わなかった。豪の意志がそうだったのだ。そして、わたしはいつも、成長してからさえ豪のいうがままだった。

二年と少しの同棲の後、豪がわたしと別れたのは、彼が勤めている会社の経営者の娘と結婚するためだった。

しかしわたしは、豪が実際は、相手が誰であれ結婚ということを嫌っていたと思っている。そういうふうにワザと、捨てられた自分が考えたがった、というわけではない。豪が経営者の娘を愛して結婚したとは信じられなかった。

豪は、二人で住んだ部屋を出て行き、わたしは、たった一人で別の部屋を探した。そこにいたくなかったのだ。前の時は、豪と一緒にパソコンで調べたり、不動産屋に出かけたりしたが、今度は、何もかも一人でしなければならなかった。依頼心の強いわたしには、たいへんだった。勤め先の上司が保証人になってくれなかったら、今の部屋を借りることもできなかっただろう。

わたしが傷つかなかったわけではない。豪に告げられた時、わたしはまず茫然とし、それから豪を責めることもしたのだ。豪のやり方は、相手にとっても不実で傲慢だと思った。

「その人を愛しているの？」

と、わたしが聞いた時、豪は熱の籠もった暗い目を上げて、じっとわたしを見た。

「ばからしいこと言うな。そんなんじゃないんだ」

「なら、どうして？」

「さやにはわからない。結婚なんて、愛って言葉と、どういう関係がある？」

わたしには解らなかった。単に功利的に、豪がその結婚を決めたとも感じられなかった。ただ豪が、何か真っ当な形態、整った家に憧れたのだろうかと考えただけだ。もしそうなら、仕方のないことなのだ。わたしたちは先生たちの精一杯の努力でケアされていたけれど、園は家庭ではなかった。少年時代から、そのことを強く身に滲ませていた豪だったのかもしれない。

翌日が結婚式という夜、豪は、わたしを訪れた。そして繰り返し繰り返しわたしを抱いた。街灯の仄明かりが、薄いカーテンを透かす狭い部屋の寝床で、「さや」と、幼い日からの言い方で、わたしの名を呼び続けた。うわごとのように。

他に言葉らしい言葉は、ひとつもなかった。

その夜の豪は、逞しくわたしを守ってくれていた豪ではなかった。わたしは、わたしにすがりつくような豪を初めて知った。抱かれていたわたしが、いつの間にか母親のように、豪を抱いていた。抱いて抱いて、離したくなかった。涙の中で、わたしは囁いていた。

「大好きな豪、わたしの大好きな、たった一人の豪」

短い夜が明けるまで、ほとんど眠らず、豪はわたしのもっとも近い所にいた。互いの全身を溶けるように密着させていたのだ。

夜が明けると、豪は常にない蒼褪めた顔をしたまま、自分の結婚式に臨むために、部屋を出て行った。

豪の両親の代わりとして、式に出たはずの先生夫妻も知らないことだ。

すでに一年近く経つ。わたしの身体の隅々まで、最後の夜の、豪の感触は今も瞭らかだが、それからは全く会っていない。

豪の会社も、その近くにある、彼らの大きな住まいも知っていたけれど、行ってみたことなどない。豪が、そこで幸福に暮らしているなら、それでいいと思った。

喪失の感じは深かったけれど、わたしは自分がまだ若いと思うようにしていた。わたしにも未来があるはず、と。

一方で豪を、兄妹のように考えようとした。実際、双子の兄のような存在だったのだから。兄なら、他の女の人と結婚したって当たり前なのだ。

この世の誰よりも豪が好きなのに、わたしには、絡みついていく執拗さが欠けていた。執拗さというより、もともと、どこか足りない、抜けているのかもしれない。

そうなっても、勤めのこと、日常のこと、目の前のことを一つ一つ片付けて行く、それだけをしていこうと思っていた。豪のことは忘れない。しかし、もう別の世界の人間だった。会うこともなかったし、どんな形の便りもなかった。わたしもしなかった。


「豪が死んだなんて、信じられない」

誰かが、呻くように言った。

「ほんとだ。何があったって、あいつは生き延びていくヤツだと思っていたよ」

「踏まれても蹴られても、な」

「いったい、なんで亡くなったの?」

明子ちゃんの声がした。

その場の人たちのほとんどは、わたしと同じに、事情を何も知ってはいないらしかった。

先生が、鉛のような口調で言った。

「まだ二週間にならない。今日の会の通知を、皆に出した後のことだ」

先生は、わたしにも知らせてはくれなかった。園では親しかった豪なのに。豪の新しい生活と、わたし自身に配慮して？　でも、わたしは見たかった。もう一度豪の顔を見たかった。

新二が口を開いた。

「けんかで負傷したんだそうだ。それがもとで……」

新二は座敷の隅に座を占めていた。

園の時から、おとなしくて、いつも豪にくっついていたけれど、今も感じの変わっていない、ほっそりした青年だ。わたしと同じように、豪に守られていた。

「豪さんが、けんか……」

明子ちゃんが呟いた。

豪なら、ありそうなことと皆は思っただろうか。けんか早い豪だったから。一対一、素手でなら、滅多に後れをとらない豪だったが、そんな陽性のけんかをするばかりではなかったのか。

結婚して間もなかった豪が、どうして、けんかなどしたのだろう。それも命に関わるようなな。

「豪ちゃんは、あれで気性は真っすぐだったから」

奥さんが独り言のように言った。

それを機に、なぜか皆黙ってしまった。誰も、それ以上詮索しなかった。豪の死という事実だけが、鋭く、はっきりと無数の針みたいに、誰の胸にも刺さって来たのだ。そこにいる皆が一緒に食事をしたり、勉強したり騒いだりした以前と同じ部屋なのに豪の姿はない。消えてしまったのだ。

黙って、皆がそれぞれの記憶の豪を探り、温めているようだった。沈黙は豪への献花だった。

もうお客さまといった人たちは帰っていたから、わたしたちは皆身内みたいなものだったけれど、お祝いの会の最後は、そんなふうに、暗転したのだった。

わたしはといえば、早く一人になりたかった。一人になって、自分を見つめたかった。

帰途に着く頃は、もうバスはなくなって、明子ちゃんや他の数人は園に泊まることになり、わたしは車で来た新二に、電車のM駅まで乗せてもらうことにした。

しばらくは暗い山中の道だった。わたしたちは黙って、両側を通り過ぎる、黒い木々を見ていた。

新二も何も言わない。彼には彼の、豪への気持ちがあるはずだった。豪とは連絡を取り合っていたというけれど、彼も、豪とわたしの短い同棲のことは知らない。誰も知らない。

道路が家並みのある場所に来た頃だった。新一がポツンと言った。

「紗綾さんの名前を、豪は言いましたよ。ぼくが病院に行った時」

「病院に行ったの?」

「豪さんと、仕事でも多少関係があったから。ぼくの勤務先の人に聞いたんだ。豪さんのこと」

「そうだったの」

「ぼくが行った時、もう夜で面会時間過ぎてたけど、無理に病室に入れてもらった。誰もいなかった」

「奥さんも?」

「誰も。その時、豪さん、うとうとしていたみたいだったけど、『さや』って呼んだ。それから、なんか、『たった一人の』とか、なんとか言ったけど、よく聞こえなかった。すごく小さな声だった」

「ほかに話、した?」

「いや。できない。だから顔だけ見て、すぐ帰った」

「新二くん、来たこと、後で知ったかしら」

「さあ……、知らなかったと思う。その時も、相当悪かったようだから。次の日に死んだんだ。豪さん。腹の傷が深かったっていうけど、一週間以上、病院で頑張ったのに」

痛かっただろうな、豪。新婚なのに奥さんがいなくて、一人で病室にいたのね。わたしは暗い車内で、身動きもせず前を見据えていた。涙が頬を流れた。新二は再び黙って、ハンドルを握り続けた。

Mの駅が見えた。辺りはもう人の姿は全く見えず暗い。電車はあったが、駅前の僅かな商店も案内所も閉ざされていた。

わたしは、涙をはらい、礼を言うと車から降りた。

新二は車から降りて、わたしが改札に入るまで、じっと見ていてくれた。わたしは振り返って、小さく手を振った。彼も豪なしで生きていかなければならないのだと思った。

ひっそりしたホームに立って見上げると、黒い空に、星が降るように瞬いていた。都会より、ずっと数が多く、鮮明な光だった。わたしは、自分の身体のすぐそばに、星たちを感じた。

「豪……」、わたしは小さな声で、そっと呼びかけてみた。痛かった？　苦しかった？　「さや」って、呼んでくれた。死ぬ前の夜。抱き合い抱き合った、あの最後の夜のように。大好きな、たった一人の豪。

でも、わたしの名を口にしている意識が、豪にはあったのかしら。

不意に豪の表情が目の前に現れた。短い髪、鋭い目と口元をきつく締めた、意志の強そうな、小さな時から、わたしが大好きだった顔だ。

どこであるかは判らない。今、豪がいる場所が、よいところだといいと思った。豪がいなくなったはずはないのだ。その表情のまま、豪は、わたしには届かないが、今も確かにいる。

いつか、きっとまた会える。それまで、生きようと思った。

悲しまないで、人が生きてすることを、わたしもして、いっぱい生きようと思った。

山容

美乃の時

T岳で古くから営業していた山小屋が焼けたことを、わたしは週刊誌の小さな囲み記事で知った。友人の家に、たまたまあった半月前の週刊誌だった。

そんな記事が出たのは、T岳から北へ連なる山々に向かうルートの、ただ一つの山小屋として長く登山者に知られていたことと、山と山の鉱植物に詳しい、一徹な主人がいたことによる。

記事によれば、主人はすでに高齢で、麓の町にある家で過ごすようになっており、近年、経営は息子が受け継いでいたらしい。火事の原因は判らず、ただ春の風に煽られて、周囲の林もいくらか焼けたという。人の被害がなかったのは何よりだが．T岳における伝統ある山小屋の再建が待たれるという内容であった。

記事には焼ける前の建物の、小さな写真が添えられていた。改築されたのだろうか、わたしの記憶にある素朴さとは違う、かなり立派なものとなっていた。

十五年前、五月。わたしもT岳に登った。途中、その山小屋に泊まった。野瀬と一緒であった。

T岳に行ったのは、その時が初めてであった。野瀬は学生だったが、月の四分の一は山に入っている男だったから、T岳も近隣の山々も熟知していた。

そんな野瀬が、丹沢か中央線沿線のごく低い山くらいしか歩いたことのないわたしに、なぜ同行する気になったのだろう。五月末のよい季節ではあり、冬山というわけではないにしろ、足手まといになることは決まっているのに。

あの小さな旅、山行きはわたしと野瀬にとって何だったか。言葉も多くは交わさず、触れることもなく、冷たく澄み切った水のような山の気、時に、めくるめく眺望を臨みながら鳥になったような気持ちで、ひたすら歩き続けた旅。

わたしの身体はまだ澄んで、精神自体も真っすぐに飛翔する鳥のような、二十代の初めであった。

都立高校の同級生で、たまたま同じ大学に進んだ野瀬を、わたしは好きだったが、それはまだ仄かな感情に過ぎなかった。嫌いだったら、山へ同行するはずもない。だが特に親しい間柄ではなかったし、大学に合格し、通い出したキャンパスで顔を見かけるまで、野瀬が同じ大学へ入ったことも知らなかったほどだ。

しかし、その後の大学生活がわたしと野瀬との間を幾分か近づけてはいた。互いの家が近かったから、西の郊外の大学へ一時間半かかる往復を、偶然だが共にすることもあったのだ。わたしは野瀬に淡い好意を持ったが、野瀬がわたしをどう思っていたかは判らない。野瀬は女ともだちより、山と、山へ同行する男の友人たちさえあればいいように見えた。実際そうだったのだろうと思う。

そんなふうなわたしと野瀬の二人がT岳へ登ったのは、もう四年生になっていた時である。高校の教室で少年だった野瀬を知ってから、六年余りが過ぎていた。

野瀬ほどではないが、そして、高い山ではないが、わたしも山を歩くことは好きだった。姉妹（わたしは姉と妹がいる）や友達とは時々、近場の山を歩いていた。まれに、そうした山行きのために姉妹も顔は知っていた野瀬の意見を仰ぐこともあったが、一緒に行くということはなかった。卒業を控えた大学四年、その忘れ難い五月になるまで。

卒業後については、わたしは親の経営する店に入る予定だったし、野瀬も早々と就職先が決まっていたようだ。山ばかり行っていた野瀬だが、要領よく単位も取っており。二人とも卒業の目処は立っていた。

わたしたちが大学にいた頃、キャンパスからは政治活動の季節も去って久しく——一握りの活動家はいたようだが——平穏な大学生活は終わりに近づいていた。かつては、わたしたちの大学のような静かな所でも内ゲバによる死者を出したのである。しかし、それもわたしたちの時代には、無関係な歴史のひとこま程度にしか思えなかった。

平穏というなら、わたし自身、そうだった。少人数の教室が多かったから、それなりの勉強はしなければならなかったし、友人はいたが、恋人はいなかった。人が見れば、彩りのない青春と映っただろう。でも、人にとっての彩りとは恋だけなのだろうか。

虫を集める花のような、女の誰にも一度は訪れるあでやかな季節にそれを知らなかったのは、わたしに花がなかったということに過ぎない。自分でそう思うだけでなく、わたしは人からもそう見られていたのを知っている。

ともあれ四年間が終わり、卒業、就職という路線は見えていた。いくらかの希望、同時に、人生の半分以上すでに生きてしまったような味けなさがないまぜになった、つかの間のあわいともいうべき時期。

まだ社会人ではないが、学生という身分にも、自他ともに子供っぽさが見えて来たような一種の不安定さ。それらが、野瀬と山行きを共にするという感情に誘ったのかもしれない。

野瀬にとっては、

「この頃、山へ行ってる？」何げなく聞いたわたしに、

「今、T岳あたりはいいよ」

と、ある夕方、バスの中でぽつりと口にしたことから始まった、気まぐれあるいは災難だっただろう。

野瀬もわたしも、それまで同級とはいえ、希薄な友人関係ではあり、男とか女とかいう意識はなかった。わたしの野瀬への好意も、特別な男に覚えるそれではなかった。もっとも、特別な、というのがどのような感情か、わたしは知らなかった。激しいときめきや泡立つ激流を、自らの意思と無関係に流されていく経験を、わたしは持たなかったから。

多分、恋も一つの才能で、自分はそうした才能には恵まれていないと感じてもいた。恋が不意の果実のように樹下の人をいきなり直撃し、甘さを、あるいは傷を与える、ということも考えにくかった。

野瀬もそんなふうだっただろうか。わたしには解らない。野瀬がわたしをどう見ていたか、わたしは知らない。その時も、そして今も。今では、わたしのことなど記憶から消えてしまっているかもしれない。きっと、そうだろう。長い時間が経ったのだから。

野瀬を解らなかった、というそのこと、苛立たしさの混じった小さな悔いが、今も自分に

刺さった、忘れてしまうことができない棘のように感じられる。野瀬は——山行きの間も——寡黙であったから、なおさらその心中は解らなかった。微かな痛み、そして熱くもある、わたしの中の小さな棘。

わたしは野瀬の心の在りかを知ろうとしなかったが、同時に、自分の心を探ろうともしなかったように思う。

家も近く、大学も四年とはいえ同じだったから、淡い状態のまま身近にいるのが当然のように感じていたからだろうか。未来においても変わらず身近にいるという、無意識の思い込みに支えられていたのかもしれない。

若いということは、実際どうしようもないものだ。今のわたしには、若さは愚かさと映る。懐かしい、いまいましく愛らしくもある愚かさ。

わたし自身、そうした愚かさの中に快適に、たっぷりと浸かっていた。甘いワインに浸けられた果実のように、若さを芳醇なものと見誤っていた。

わたしと野瀬が行った頃、山小屋の主人は五十代の半ばに見えた。無論、正確な年齢は知らない。

あの夕方、まだ暗くはなかった時刻、入り口の引き戸を開けて山小屋の中に入った。汚れたストーブと、大きなテーブルのある土間ばかりが広く見えた。土間には、長い丸太が割られて据えられたような分厚な上がりかまちがあり、何人も寝られるような開けっぴろげの、薄べりが敷かれた部屋につながっていた。

だが平日のその日、宿泊する人は少なく、山小屋は静かだった。野瀬によれば、山小屋とは屋根だけあればありがたいものだったという。テントをかつぎ、固形燃料やコッヘルで自炊するのが当たり前だったようなのだ。

土間の壁に、伸ばされた高山植物の写真が、数枚飾られているのが目についた。わたしは花が好きだったが、それらは見たことのない花ばかりだった。後で主人が撮ったと聞き、名前も教えてもらったが、わたしには写真の花よりも、背景である空の黒く見えるほどの青さが印象的だった。写真ながら濃度のある、硬質の青だった。

二階には、殺風景な木のベッドの部屋が仕切られていた。余計な修飾の全くない、無味乾燥な部屋の有りようが、わたしは気に入った。今も、わたしは修飾と修飾のある人生が好きではない。

畳敷きの部屋もあって、そこには夕食を終えたらしい七、八人のグループがいた。彼らは畳に広げた地図を見ていた。

「そのルートはなあ、おれは採りたくないなあ」

という声が不意に上がった。

「ここまで来て、今さらそんなこと言うな」

笑い声がし、それから、ざわざわと複数の若い声が混じり合って聞こえた。

野瀬とわたしは、軽く頭を下げて、彼らの脇を通り抜けた。

階下で主人に指示された、隣り合う部屋に入ってザックを下ろすとほっとした。個室めいたのはそこだけだった。壁は薄かった。

バスを降り、一時間半の緩やかな林道を歩いた後は、山小屋まで急登に次ぐ急登だった。野瀬は息も乱さなかったけれど、わたしはベッドの裾に畳まれて置かれた、野暮ったい布団が頼もしく見えたくらいだ。

わたしは、小さな、ただ区切られた場所とでもいうような部屋の窓を、そっと開けてみた。

樹木しか見えなかった。そこでは初夏も遅いらしく、東京で豊富な葉をつけた木々を見た目には、僅かな葉や芽しかつけていない木は裸のように映った。しかし、それにもかかわらず、夕暮れの中、湿った木の肌の放つ匂いが、ただならぬ濃さで流れ込んで来るのが感じられた。

汗ばんだ顔を洗い、わたしたちは階下の土間のテーブルで夕食を出して貰った。味噌汁とごはん、豚肉が沢山入った野菜の煮込みのようなもの。大きな白い器には漬物がおおまかに切られて、どっさり盛られていた。昼に、駅で買った弁当しか食べていなかったから、質素な、たっぷりした食事が胃袋にしっかり収まった。野瀬が背を伸ばしたまま、きれいな箸捌きで食事をするのに気がついた。

あれから、いろいろな男と食事を共にしたが、野瀬のように自然に美しく食事する男を見たことがない。何事にも構わないような、むしろ無骨な印象を与える野瀬だったのに。

別れた夫は、外では気取り、内では、そそくさと慌ただしく掻き込むというふうだった。こうした事は、結婚生活にとって、決して細事といえなくなる。ベッドのそれより、食事の時、気になる男はいやだ。

山小屋の主人は短い頭髪にも不精髭にもシラガがまじっていたが、機敏に動き回って用を足していた。がっしりした身体で、親切だった。野瀬とは親しかった。

彼は昨年、麓への道が台風で荒れ、何本もの倒木を始末しなければならず大難儀をしたこと、住まいのある麓の神社の祭礼で、当番を務めたはいいが、宿酔いで翌日山荘に登って来ることができなかった、そんなことは初めてだったなどと、ボソボソした声で、わたしたちに語った。

語りながら時折り鋭い目を、わたしたちだけでなく、数人いた、その夜の宿泊者の立ち居に向けた。語り口の素朴さとは似つかわしくない、山の気に研がれたような目であった。

山小屋の夜は早い。朝早い予定の者が多いからだ。

「明日はどっちへ出るのか」

と主人はわたしたちに尋ねた。

「あんたは、この山は慣れてるからな。しかし、そっちの」と、主人は野瀬の傍らにいるわたしに、その一種仮借のない視線を向けた。

その視線が、わたしに、自分がひどく無力でちっぽけな存在であることを感じさせた。人の目ではなく、山の目に射られたような気がした。

「いや、こっちも、まるきり山を知らないわけじゃないから」と、野瀬はわたしを見た。

庇うような言葉にも関わらず、針ほどの微笑も含まない野瀬の視線。そういえば主人も、行為に親切さが溢れていても、笑顔というものは見せない。わたしたちに対してだけでなく、相手が客であっても、誰にでもそうらしかった。

こういう男たちは怖い、とわたしは初めて野瀬のことも、そのように感じた。誰かを怖いと思うのは、経験がないことだった。あの気持ちは都市から隔絶した、T岳という場所のせいだったのだろうか。

「Fへ下るつもりなんだ」

「なんだ、じゃ、楽なもんだな。おまえさんには物足りないだろうが」

「この季節のTに来たかったんだ」

「今はいいよ。冬はきついからなあ。綺麗というなら、一面すべて真っ白というだけの景色は最高だがな。もう、それだけだがな。吹雪いたら、もう、最高なんて言ってもいられん。目も開けられない」

主人の言葉は、わたしに向かって語られているようだった。

わたしは二人の話を聞きながら、白一色の雪のT岳を目の前に想像した。それは五月の山に比べはるかに峻烈で、人を寄せ付けない美しさに満ちているように思われた。最も美しいのは純白という色に違いない。否、色という言葉は相応しくないだろう。純白は色ではない。

誰も触れない、触れることのできない純白の山。拒絶でも非情でもない。あるがままの自然で、率直な姿。時折り刷いて過ぎる氷の風。その風も手を切るような、あるいは身体ごと切るような風に違いない。鉛色の天と白い山だけの、この世のものではないような風景……。彼ら、野瀬も主人も、美しいものを見ている。わたしたちが常時過ごす、微温の町とは比べようもないものを知っているのだと思った。

野瀬が、いつもどこか遠くを見ているような目を持っているのは、理由のないことではない。彼は下界にあっても、山を見ていたに違いない。

稜線と蒼天の境、重なる峰の間を流れる雲の形。吹き渡る風の音を聴いていたに違いなかった。そうした野瀬の姿には、満たされた孤独があるように思われた。

野瀬と共にT岳へ来たことで、わたしは彼の一面に触れた気がした。しかし、それはいまだ理解からは遠く、信頼はあったが、わたしには、やはり野瀬は解らないままだった。

わたしたちは別々の小さな部屋で眠った。早朝に発って来た疲れが、すぐにわたしを摑んだ。

わたしが不眠を知ったのは、三十歳を越してからであり、それまでのわたしは、どこであっても、夜は枕に頭を着けるや否や眠ってしまう型だった。その夜も、一度も目覚めることなく眠った。何人かの人もいるのに、深い静寂が支配した夜だった。

野瀬は、その夜、どんなふうだったろうか。やはり早く眠っただろうか。

翌朝、わたしたちはくっきりと晴れた空を喜び、予定の時間に出ることに気を配り、わたしも手伝いながら弁当を作ってもらい、主人に別れを告げ、といったことに慌ただしく、「よく眠ったか」といった会話は生まれなかった。

隈無く晴れた空を背景にした鋭角の山頂に、透明な陽のきらめくさまは輝かしかった。輝く、という言葉を、わたしはT岳で初めて自分のものとしたのだ。

言葉には自分のものになる言葉と、ならない言葉がある。いつまでも疎外感や、無意味しか感じさせない言葉はあるものだ。わたしは、「わたしの言葉」と呼べるものを、沢山欲しいと思っていたし、今もそう思っている。でも、それは、なかなか増えないものだという認識も、否応なく持ち始めたところだ。名詞も、形容詞も、動詞も。

野瀬という名詞もまた、わたしのものとはならなかった。

山旅を共にした後、わたしたちは帰途に着き、わたしたち二人が住む町の静かな駅前で別れた。T岳と違い、私鉄の駅前の円形の広場をおおまかに囲む銀杏の木々は、すでに鮮やかな緑を誇っていた。ひっそりした五月の夕暮れには、明るさの余韻があった。

駅前から、二人は逆方向の道を取るのである。わたしたちは大きな銀杏の木の下で、ちょっと立っていた。野瀬の浅黒い顔が、樹下のためか仄暗く、わたしは、何か言いたいような、しかし、それが何か分からない、もどかしさを感じていた。

心に、ちろちろと現れる小さな焔に似た何か。その何かを表す言葉が見つからない。

実際に口にできた言葉は僅かだった。

「ありがとう」

そして付け加えた。

「Tはよかったわ。思っていたより、ずっと。連れて行って下さって。ありがとう」

野瀬は、二日の間に初めて見せるような、開いた笑顔で、わたしに応えた。

「疲れた？」

「いいえ」

わたしは手を差し出し、野瀬は軽く、わたしの指を折るようにして握った。野瀬に触れたのは、その時だけだ。

乾いた手の感触を、わたしは今も覚えている。湿った情感のようなものの微塵もない、さらりとした野瀬の手であった。

「またな」とも何とも言わず、野瀬は、彼の家のある方向へ歩いて行ってしまった。街の角で、ちょっと振り返って手を上げた。

その姿が消えるまでを、わたしは立ち尽くし、目で追っていた。黒いザックが小さく、軽そうに見える広い背中だった。

それからゆっくりと、わたしも家への道を辿った。身体に疲労はなく、奇妙な火照りだけが感じられた。

初めて訪れる山、それが素晴らしい所であるなら一層、人はそうした火照りというべき興奮にとらえられるという。わたしの高ぶりは、それだけではなかったかもしれない。

けれども、わたしは自分を突き詰めることをしなかった。いつも、いまだに、そうなのだ。何事においても。結果、わたしは惨めになる。惨めと思う。だが根が単純なのだろうか、涙がわたしの救いとなる。目が腫れるほど泣くと、身体は不思議と軽くなる。女の精神は身体と一緒だ。そしてまた時が経つと、同じような状況を繰り返す。学習する能力がない。

わたしは一度結婚して別れ、今は一人でいる。不整脈のような結婚生活だった。結婚前からそうであったように、父親の店の一つで働いている。ビルの二階にある小さなジュエリーの店だ。

あどけなさや慎ましさ、情念、理想、人のさまざまな思いを極小までに固めてしまったと見える宝石が好きだ。

宝石が映えるよう設えたモノトーンの店にいて、黒か白かグレー、色彩のないシンプルなドレスを着て、一点だけそれに合う宝石を身に着け、わたしはお客に接している。ほとんど知っている人達で、振りの人は滅多に現れない。静かなモノトーンの日々だ。小さな焔ほどの高ぶりも覚えなくなって久しい。

姉は、母と一緒にレストランを見ているし、妹は音楽の勉強にイタリアに行ってそこで結婚してしまった。

わたしは一人で小さなマンションに住んでいる。夜はCDをかけて、ぼんやりする。宝石ではない、川原で拾って来た色々な形の石に彩色することもある。

淀みを漂って、これからもずっと一人でいるのか、誰かの胸に辿り着くのか。それが野瀬なら——想像の中では、何を思うのも許されると、わたしは不遜になる。まして一人の部屋、一人の夜なら。

T岳には、以後行ったことはない。当時山小屋の階段の所には、頁のめくれたノートがぶらさがっていた。訪れた人の誰でも書きたい人が何か一言か、あるいはもっと記して行くらしい。住所を見ると、驚く程、多岐な地方にわたっていた。

わたしもその時ちょっと書いたけれど、あのノートも火事で焼けてしまっただろうか。ムカシのことだから、ずっと以前に処分されてしまっているかもしれない。古めかしい大判の大学ノート。

山から帰宅して日常に呑まれてしまうと、野瀬と同行した二日間は日が経つにつれ不思議な非現実のことのように感じられて来たものだ。

非現実というなら、下山して最後に仰いだT岳の、空に拮抗した力ある形も、現つとは思えないほど澄んでいた。稜線が、わたしには理解できない意志を顕しているように見えた。あれは野瀬だった。

同時に野瀬にとっては、T岳に限らず山以上に関心を持つ対象は存在しないだろうと思えた。それは、むしろ好ましい確信だった。強く美しい孤高だ。

一日目——川沿いの落葉広葉樹の道から小さな橋、しばらく歩いて、また橋を渡り返し、さらに小さな沢を越して、尾根に取り付いた。

急な登り。登るにつれ、樹木が少なくなり、あまつさえ大小の岩が転がっていた。

ある地点で転がるのをやめ、「気に入った場所を見つけたので、そのまま座りました」と言っているような岩。露出し風化した夥しい根のようなもの。T岳は、わたしが知っていた長閑な山とは違っていた。

道は確かにあるが、わたし一人だったら、それが人の踏み跡かどうか判断に迷っただろう。急登が続き他の道があるとも思われない場所で、横から来た細い道が突然合流したりする。野瀬は横道など目もくれずに歩いていた。迷うことなどない。わたしは、その背を信頼していればよかった。信頼できるというのは何という安堵だろう。あれ以来、そうした安堵をわたしは知っているだろうか。

野瀬は同じ歩調で歩く。それが、ちっとも変わらなかった。先を行く彼は、しかし、わたしを気遣っていないわけではない。しばしば振り向き、しばしば立ち止まって待ってくれさえする。

休む時も、腰を据えて休んだりはしない。立ち止まるだけだ。わたしに三角点を、遠くに見える山の名を教えてくれる。わたしは自分の荒い呼吸を恥じながら、野瀬の指す山々を眺めた。

その日は野瀬にとって、厄日であったかもしれない。おぼつかないわたしがいることでも、野瀬は少なくともいやな顔はしなかった、とわたしは追憶する。

そして、わたしは野瀬の背中だけを見て歩いていた。二人きりだった。絹の衣のような風の中、天と地に接し、わたしたちは二人きりだった。

山小屋まで誰にも会わなかった。一度片側の崖の上に、何かけものらしいものの走り去る影をちらと見ただけで。

翌日わたしは、以前よりずっと野瀬を意識する心を抱きながら家へ戻り、眠る前、山での二日間について日記をつけたのだった。情緒的言葉のない、事務的といっていいような、事実と時刻だけを綿密に記した日記を。

あの日記帳。前の年のクリスマスに自分で選んで買った赤い革表紙の日記帳は、どこへ行ってしまったのだろう。結婚する時までは確かに実家にあったと思うのだが、いつか探してみても見つからなかった。結婚してからの生活では、手にした記憶がない（結婚生活に過去の日記帳は要らないのだ。でも、手放すのではなかった）。

それが、いつ失われたのか、今もどこかにあるのか。なくなったという、そのこと自体を忘れている物は他にもたくさんある。幼い頃の、色とりどりのおはじきの箱から始まって。

わたしは思い出す。小学生の時の、丹念に色を塗ったハガキ大のスケッチ帳。目が取れたのを何度か付け直した、茶色の犬のぬいぐるみ。毛も擦り切れていたけど、あれは可愛かったな。いつもベッドに持ち込んでいた。

初めてのラジカセ、十代でお気に入りだったテープの数々。それらはわたしにも懐かしいが、物たちも、わたしと過ごした時をどこかで懐かしがっているのではないかと思う。捨てた覚えはなく、しかし不思議になくなってしまった物たち。いたずら好きな妖精の仕業みたいだ。

野瀬とのT岳への旅は、山小屋一泊きりだった。

野瀬が、わたしに配慮して危なげのない行程を選んだためだが、もし、もっと日数の要る計画を立てていたら、わたしたちにも何かが起きただろうか。帰途の麓近くには素朴な鉱泉宿も見かけたのに。それもまた、失われたもの。

わたしの無垢の日々は、二度と手に入らないもので満ちていた。それらの意味を、わたしは知らなすぎた。

野瀬の日

地下鉄の駅まで、いつもの朝のように、妻が送って来た。

家から駅まで、車で五分もかからない。地下鉄に二十分、それから会社のビルまでも、一またぎ。雨でも、傘が要らないくらいだ。家が遠く通勤時間の長い同僚は多いから、おれの場合は恵まれている。

駅前で方向を変えた妻のインスパイアーが右折の点滅を見せ、マグドナルドの角を曲がって行く。これもいつものこと。

駅で、週刊誌を一冊買ってホームへ出た。眠るほど――実際、朝から眠っているサラリーマンもいるのだ――長く乗るわけではない。仕事の手順を考えるか、ちょっと本を見るくらいで、会社のある駅にはすぐに着いてしまう。ぼんやり夢想する時間はない。この意味で、恵まれているともいえない。

立ったまま買ったばかりの週刊誌をぱらぱらめくると、T岳の山小屋の焼けた記事が出ていた。

T岳は、高校時代から幾度も登った懐かしい山だ。

もう引退したが、山小屋のおやじさんもよく知っていた。火事があったことも、以前の山仲間のメールで知っていた。火事は、もう一ヵ月近く前のことだったし。

事件ではないし、週刊誌に記事として載るようなことではないような気もしたが、おれの好きだった場所。そして、おやじさんが多くの人に親しまれていたことを、改めて知ったような気がした。何か温かな思いだ。

もうずいぶん長く行っていない。T岳に限らず、他の山にも行っていない（何という生活だ）。

親しんだ高い低い、幾つもの山々、越えた場所。

美しい、あるいは奇妙な名前にもずいぶん会った。千本つつじ（昔は大つつじ峰と呼ばれていた）、鶯宿《おうしゅく》峠。かと思えばイザルガ岳、日蔭舟、ムチロギといった妙な名。○○丸という船名みたいな山も、幾つもあるのだった。

三十代半ばを越した今、仕事が忙しいのは当然としても、かつては自分のすべてと思えていた、山へ登るということから、疎遠になってしまったのはなぜだろう。若くはないけれど、まだ体力はあると思うのだが。

何かが山行きを阻んでいる。心理的なものか。山ばかり行っていた頃はシンリテキ、などという言葉や意味は全然おれのものじゃなかったのだが。

山では何かを、自分を、常に賭けた。賭けは緊張を伴い、心身は爽快に締まった。次々に現れる峰、コルを歩き、歩き続け、あるいは腰を使って登って行く。岩場の直登には向かわなかったが、前の見えないような藪こぎは好きだった。藪の海を泳ぐのだ。傾斜、樹木、ガレ、岩を削る白い渓流、不確かな、けもの道のような踏み跡。全身が、もろに風に晒される馬の背。そして突然眼下に現れる、息を呑むような眺望。おれは小さな点以下のものとなってしまう。

汗を拭って、見上げる雲と肯き合った。それらの風景を、ひたすら自分の後方にして、先へ進み続けることが喜びだった。あれは自分が課した行軍だった。そんな弾力を持っていた時代があった。

今の自分には、かつての爽やかな緊張感が失なわれている。日々のビジネスが与える緊張は、山でのそれのようなものではない。畏敬を抱く厳しさもない。

ぴりぴりと神経を、直截に肉体のどこかを、こわばらせるだけの緊張、そのおぞましさ。

山では、そこに見える対象が何であれ、自然な畏敬を覚えたものだ。壮大な夕映えや雲海ばかりでなく、何げない梢の葉が天からの印を受けて地に落ちる瞬間にさえ。あの〈瞬間〉に、おれは永遠を視た。

樹木が萌える初夏も、それらが裸になる晩秋もよかった。真夏はよく沢を登った。音立てて流れる沢を、できるだけ巻きながら涸れる所まで詰めるのが、自分自身をも詰めて、余分なものをそぎ落としてくれる行為のような気がしたものだ。おれは小さな滝を愛した。滝はおれを見、おれも滝を見て、飽きることがなかった。

通勤の地下鉄は、少しの間、地上を走る。おれは、いつもそこで、ちょっと息をつくような気持ちになる。地下鉄は閉ざされていて苦しい。幼い頃から地下鉄に乗るのは嫌いだった。いつまでも慣れることができない。

そこでは窓の外に、大学の敷地が見える。五月。辺りは新鮮な緑も鮮やかで、風景には、若者のいる場所らしい、みずみずしさがあった。

五月、そうだ。五月のT岳へは一度だけ行った。行くのはほとんど夏と秋が多かったから。篠原美乃と一緒だった。女友達も加わったパーティの経験はあるが、二人きりで山へ行ったのは、その時だけだ。初めで、最後だった。

なぜ美乃が、あの時一緒に行ってみたいと言ったのだろう。そしてなぜ、おれも柄にもなく受け入れたのだろうか。今も不思議に思う。

美乃に関しては、以前に見た夢を現実にあったことのように記憶しているだけかもしれないと考えたりする。おかしなことだ。そんな考え方は、おれにとっておよそ美乃に関してしか経験がない。

無論、美乃のことは知っていた。高校が同じだったし、たまたま入学した大学も同じだった。家も遠くなかった。だが、それだけだ。特に親しい間柄だったことはない。

ある意味で美乃の家は、近所では知られていた。美乃を真ん中に、三人の美しい姉妹がいたこと、父親が都心に幾つかビルを持ち、有名なフレンチのレストランや輸入洋食器の店などを経営していたことで。レストランを仕切っている、という母親もまた美しかった。彼女はボルボを自分で運転していた。要するに、あかぬけた家だった。

こうした家庭は、自分の育った家の気風とは全く異なっていた。官僚の父と厳しく慎ましい母、国立大を出て、公務員になった兄。母は、高校時代から山ばかり行っていた自分にも、兄と同じコースを期待していたようだが、父は、それほど硬直した考えを持たず、自由にさせてくれた。

高校を卒業し私大に入ると、通学の途中で偶然、美乃と一緒になることがあった。三人の姉妹の中では、美乃は、どちらかといえば一番地味だったと記憶する。華やかな母親や、姉と一緒に歩いていたりすると、一層そんなふうに見えた。美乃の妹がまた、愛らしい丸顔の人目を引く少女だった。真ん中の美乃の印象は薄いと、知る人は皆思ったかもしれない。

しかし、おれには、美乃の透明な肌や、大きな黒い目が美しく思われた。あまり笑顔にならない。何を考えているのか解らない一種の雰囲気。見え透いたものに、人は惹かれない。美乃は難しい数式のようだった。おれには最後まで解けなかった。

美乃とT岳へ行ったのは、大学の四年の時だ。自然にそんなことになったのだ。おれが誘ったわけではない。かといって、美乃からT岳について言い出したわけでもなかった。あえて言うなら、美しい月、五月のT岳が誘ったのだ。

T岳に行った二日の間に、華奢な美乃が意外にタフなこと、それまでも感じていたが、本当に素直な性格であることを知った。人に反発しない素直さが、地味と見えるのかもしれなかった。そんな美乃は好ましかった。大学四年になるのに、美乃はまだ少女っぽかった。

山小屋での一泊は、無論別の部屋だった。夜中に目醒め、美乃は眠っただろうかと考えた。想像する美乃の寝顔は、隣室で仰臥したおれに静かな優しい木彫りの仏像を連想させた。目を閉じたそれが漂っている深い眠りが想われた。

山の夜は黒漆にも似た真の闇で、それこそが、本来の夜そのものだ。隣室には、美乃が眠っていた――。

あれは素晴らしい夜だったのだ。多分、一生のうち幾つもないような。おれはどうして、そのことに迂闊だったのだろう。あのかけがえのない夜を、なぜ過去へ置き去りにしたのだろう？

その時、T岳に身も心も捉えられていたからか。時を経てもT岳は動かず、そこにあり続ける。しかし美乃はそうではない。そのことに気が付かなかった。

時間というのは、おそろしいものだ。否応ない時間の経過による、自身の変貌もまた。

高校や大学の頃、山に行かない自分など考えたこともなかった。そのような時が、自分に来るとは信じられなかった。ところが、どうだろう。今、おれは山と離れて久しく、会社と家庭だけに汲々としている（妻の父親一族の会社だから、二つは切り離せないような案配となっている）。何という人生。しかも、それを特に苦いとも思わずに生きて来た。

八年前、結婚が決まり、新婚旅行の相談をした。アメリカ西海岸と妻は言った（これが彼女の趣味だった）。おれは昔から漠然と、テントを背負っての山旅を見ていたから、婚約したばかりの彼女がその時急に遠く見えた。だが異は唱えなかった。結婚とは、そんなものだろうと考えていたから。

西海岸の旅は疲れたばかり。白いホテル、白い海岸、むやみと幅広いベッドの白いシーツ、何もかも白々していた。翌朝、大きな皿にこれもむやみと盛られた朝食を眺め、おれは心底、山で食う飯と鮭缶の朝食を恋うた。身体も心も渇いた。

明るく心を開かせるようなものは、何もなかった。山の路傍で、何げなく目を遣る一輪の野生の花ほどの慰めさえ見出せなかった。あれが、自分たちの生活の始まりだった。

今も重要なこと、そうでないこと、相談という形はあるが、実質は妻が決める。形があるだけましか。

家庭はあるが、子供はいない。妻が欲しがらない。一時的にも見苦しい姿になるのがいやと言う。その気持ちもよく判らない。あえて判ろうとも思わぬ。

男の子供がいたら、始めは背負って、少し大きくなれば抱いたり歩かせたりしながら一緒に山に登るのに。

中学生くらいになれば、ほぼ対等に登山できるだろうに。残念だ。女の子だっていい。華奢な美乃だって、結構きつい部分もあるT岳へ登ったものだ。

妻はタカラヅカへ行く。東京だけでなく、毎月ではないが兵庫の大劇場まで友人と出掛けて行く。昔からのファンで、東京ではスターの卵たちと食事に行ったりする。家に連れて来る時もある。

西海岸とタカラヅカ、どちらも自分とは縁がない。妻との日常は、傍目には何事もないようでいながら、身体だけは確実に遠ざかっている。もともと山を踏破する以外、おれは強烈な欲望を覚えないたちかもしれない。

会社に出ても、たまたま目にした週刊誌の記事のためか、五月という月のためか、忘れていたT岳の山容がありありと浮かんで来て、仕事に障るほどだった。あまりないことだ。美乃のことも思い出した。T岳の後、もう美乃とどこかへ行くことはなかった。二人の人生が描く線は、T岳の二日間だけ、僅かに交差したのだった。

ある時までは、年賀状をやり取りする程度の友人であったけれど、それも途絶えた。おれは結婚し、美乃の家と近かった実家からも離れた。ほぼ東京の端と端になってしまった。美乃が、彼女の父親の所で仕事をしているということは、なんとなく聞いていた。それもずっと以前のことだ。今はもう、母親になって大きな子供がいるかもしれなかった。

あの時、美乃と山の道を何時間も歩いた。

二日目は、前日の急登と違い、緩やかに上下する道が長かった。並んで歩ける場所もあった。美乃に幾らかの経験があるとはいえ、おれは危ぶんで平易なコースを選んだのだが、ほとんど心配はなかった。美乃は一定の速度を保って歩くことを知っていた。変わらない的確な歩みだった。

林の中の道を行く時、ときどき美乃は、梢を振り仰ぐようにした。すると、木漏れ陽が化粧気のないなめらかな額に、微細な陰影を刻した。大きな瞳が梢と共に揺らぎ、美乃は優しい若い木のように、辺りの一部になっていた。あの瞬間、おれは山と同じように美乃を愛した。

前夜、静かな仏像のような美乃の寝顔を自分は想像したが、山歩きでも彼女は静かで着実だった。高校や大学時代もそうだったように、目に立つような行動はしないのだ。

長い年月会ってはいないが、人生においても、おそらく静かな充実した生活を営んでいるに違いない。どこかで、今この瞬間も。

自分にとって親しい友人は定まっているし、同窓会名簿など開く時もないから、美乃については想像するしかない。

いつか妻と銀座を歩いた時、美乃の家が経営する店の一つに入ったことがある。

洋食器や、陶磁器の装飾品の置かれた店だった。商品は高価で、すべて名のある佳い品に違いないのだろうが、低いクラシックだけが流れる店は決して華美ではなかった。

美乃の姿はそこにはなかったけれど、そして、そうした品物に疎いおれだったけれど、仄かに美乃の香りが感じられる店だった。

妻は、そこでデミタスのカップを買った。おれの意見を聞くでもなかった。それも、いつものことだ。妻に悪気があるわけではない。単にそういう習慣なのだ。好きな物を選び、おれとは無関係の妻のカードで支払いをする。

美乃の家はレストランも営業していると聞いていたが、そういう店に関心がないせいもあって、場所も知ってはいない。食事は若い社員と、どこにでも行く。フレンチのレストランなどではない。妻なら、あるいは知っているかもしれないが。


午後になってから、一人で地下の食堂へ下りた。午前中の仕事と、週刊誌で見たT岳の記事が、ジグザグに頭を掠めて行く。液晶と、焼ける前の山小屋の写真が重なって見える。

運ばれた昼定食の、どろりとソースのかかったハンバーグが不気味だ。得体の知れないスープのカップが、湯気も上げず傍らに置かれてある。おれは手を付ける気になれないで、しばらく、それらを眺めていた。疲れているのかもしれなかった。自分もそういう年代に入ったのか。この〈場所〉だからか。

T岳の四季を問わず清冽な山容がはっきりと蘇って来、今いる場所に強烈な違和感が突き上がるのを覚えた。今にも叫び声となって溢れ出しそうだった。

就職してからは、わき目も振らずやって来た。そのことに疑問はなかった（経営者の妻の身内とはいえ、社内の位置が順調に上がって来たのは、そのためだ。ついでにいうなら浮気も知らない）。

しかし、こうしていていいのだろうか。

目に現れるのは、再びT岳だ。山小屋が焼けてもT岳は変わらずそこにある。自分本来の場所を、不本意に長く留守にしてしまったという気持ち。その気持ちは、山小屋と共に燃え尽きるものではない。

取り戻さなければならない何か。時間か、自分自身か。それは不可能なことなのか。絶対に？

美乃と行ったのも、今と同じ五月だった。

泊まったのは、焼けた山小屋ではなかった。古い建物の時だ。

あれから、しばらく経って立派な総二階に立て直され、収容人数も増えた。主人の意向で素朴な雰囲気はそのままだが、トイレも浴室、キッチンも大きく新しい設備になった。高校生の頃は、本当の素泊まりだけみたいな小屋だったのに。

友人は、「今どきの登山者は、ムカシの山男みたいじゃない。山に来ても、毎朝頭を洗って、ドライヤーがないかとぬかす」という。

おれだってテント持参が当然で、それが楽しかった。山小屋も、風呂などない所の雑魚寝が普通だった。美乃と行った頃は、T岳の山小屋も個室があるだけ上等になっていたのだ。

薄い壁の向こうで、美乃が眠っていた――。

なぜ、あの時、美乃を抱かなかったか。若かったのに。いや、若かったから、そして、女を知っていなかったから、抱かなくても、ことさら苦しいとも思わずに済んだ。

おれにT岳があったことも大きい。女の身体などより山に引き付られていた。そして美乃は、身体のことを考えるには透明過ぎた。

長く行かなかったがもう一度行ってみたい。行かなくては。会社の無機的な食堂にいながら、おれは山の触感を手繰るような思いだった。

かつて山小屋には小さなノートが備えられていた。美乃と行った後、二年近く経ってから行った時、ノートは新しいものに代わっていた。おやじさんに頼んで、蔵ってあった前の古いノートを見せてもらった。

美乃の文字が残っていた。

「以前から憧れていたT岳へ、とうとうやって来ました。迎えてくれた空気がおいしくて、水もおいしくて、おじさんのゴハンもおいしくて感激です」

中学生みたいな文章が、まるっこい字で書かれていた。

おれは、その単純な文章を憶えている。簡にして明、テツガク的でさえある言葉だと、今では感心したくなる。美乃が記したように、空気と水と食物がおいしいなら、人が生きて、それ以上望むことはないではないか。都会の空気は悪いし、水だって、妻は買ったものを使っている。山でも時として水は高価だが、それとも違っていて、飲み水にカネを払うというのがピンと来ない。何かいやだ。おれは格別ケチではないと思うが。

仕事の場所に戻る時、背後に、嵌め込まれたプラスティックのような汚れた空が見えた。T岳の稜線を見たい。稜線の上の空。あれが空だ。

地下鉄に閉ざされるのが苦しいように、一年中同じ温度のビルの中も苦しい。おれは無意識に、そのことに気付かないようにしていただけだと思う。

身体ごと雨や風に晒され、晴天を感謝して仰ぎ、冷たく青い空気を、水のように呑む山。山小屋のおやじさんは幸福な人だ。息子に仕事を譲って、今、麓の町で何をしているのだろう。会いたい。人に会いたいと焦りのように思うのも、久しぶりの感情だった。

週刊誌の小さな記事が、おれから抽き出したものは大きく、休暇を取りたい、取らなくてはと思った。会社からというより、今の日々からの休暇を取って山へ行こう。冷たく青い水を呑みたい。薄れかける美乃との記憶を取り戻すことも、可能かもしれない。

しかし、とおれは考える。

美乃は、生身の女だったのだろうか。若い日の自分が、いつの間にか心に創り、あたかも現実の存在のように、思い込んでいるだけなのではないか。長い素直な髪、山では無造作に括っていた。澄んだ目、陶器のような肌、ふっくらした唇、思いのままに描き、創り出した幻の女。おれは、その幻の姿をT岳へ置いた――。

夜、仕事を終え、会社の連中と気取らない店を飲んで歩いた。チューハイを重ねた。千切っただけのレタスとタンの皿。カラオケ。おれは自分では歌わない。でも、人が歌うのを聞いているのは好きだ。

最後に行ったスナックで、若い女がマイクを握っていた。

「サン・トワ・マミー」か。よく聞く歌が、ことさらに身に滲み、焼けた山小屋を想った。

あなた、というのは、おれにとって紛れもない。山懐だ。

初め五人で連れ立っていたが、地下鉄やJRの駅近くで減っていき、おれは一人になった。

雨が降り始めて、辺りの色彩や音が薄れ、ゆっくりと踏み出す足元を雫が濡らして行く。路面が濡れ、通り過ぎる車のライトが、そこで鈍く光った。

街に久しぶりの雨の匂いだった。それが懐かしく、柔らかな酔いの籠もった身体に快かった。おれも渇いていた、と思った。

猥雑な街の中に、くっきりしたT岳の山容が浮かび、それが若かった美乃の面影と重なって、ほとんどおれを涙ぐませた。

影たち

あれは誰だったのだろう？

あの夜、後ろ姿だけを見せて、家を囲った低い柵から出て行き、なだらかな丘の道を下って行ったのは。黒い森の中に消えて行ったのは？

暗い夜だったが月はあった。ぼくはぼくの寝場所となっていた屋根裏部屋の窓から、二人が月に照らされ、枯れ草がいまだついついと伸びたままの、茶色の原を遠ざかって行くのを見ていた。

丘を下るにつれ、彼らの姿は次第に足の方から見えなくなった。月は、横切っていく速い雲に遮られる時以外は強い光を放っていたが逆光だった。だから、彼らの姿はくっきりとしていたものの、シルエットとしてしか、目には映らなかった。

シルエットは時折り吹いて渡る風に揺らいだ。しっかり歩いているように見えたけれど、その時だけ頼りない心もとない感じがした。あの影たちは、ぼくの夢、ぼくの描いた幻だったのだろうか？

傍らには弟が眠っていた。その頃、といっても、ぼくにとってそれがいつの頃だったか、はっきり説明することはできない。ただ切り取られた絵のような、ばらばらの記憶が、ぼくの中で散乱している。

丘のてっぺん、文字通り山ではなく、小さな丘陵のどこかに位置する小高い場所に居た。三角の屋根裏を持つ古い家に住んでいた。ぼくと弟の部屋は屋根のすぐ内側、鳥が屋根を歩くと足音で判った。鳥たちはたくさんいた。硝子の嵌まった四角い天窓もあり、そこを歩く鳥の足を見る時もあった。鳥の脚というのは何か器具みたいで、ふわふわした胸からいきなり突き出ている。それを真下から見るのは奇妙な感じだった。

部屋は、というより三角形の空間は一部分だけ、かろうじて背を伸ばして立つことの出来る広さ、いや狭さだった。中央を空け、ぼくたちの二つのベッドが置かれ、壁に向かって作り付けの奥行きのない机がある。あとはもう梯子段への降り口の僅かな場所しかなかった。

梯子はほとんど垂直で、ぼくたちみたいな身の軽い少年でなかったら、素早く上がったり下りたりするのは難しかっただろう。ぼくたちは瞬間的に飛び降りることだってできた。

天窓の他に外に面した窓もあった。その窓から、ぼくたちは外へ壁伝いに降りたりもした。梯子で階下の部屋に下りてから外へ行く、ということをしたくない時、そんなふうにして家の外へ出ていったものだ。窓の下の玄関口の上に、ちょっと突き出した小さな庇が、ぼくたちを助けた。

部屋で仰向けにベッドに横たわり、腕を上げると斜めになった天井の板に手が触れた。夜、ぼくはその部分にさまざまなことを語りかけたものだ。

空想の絵も描いた。ぼくの当時の生活には空想の余地がいっぱいあったのだろう。それとも願望の、あるいは渇望の余地が。空想と願望がどう違うのか、ぼくには解らない。ぼくは少年だった。少年に過ぎなかった。

頭に浮かぶ言葉や絵を、実際に寝たまま頭の上の板に書きつけることだってできただろう。落書き、呟きを。

でも、ぼくはそんなことはしなかったし、弟も同じだった。だから頭上には、ただ灰色の沈黙した場所があるだけだった。

ぼくと弟はよく似ていた。夜半、目を開いたまま、いつまでも眠らずにいる時、ぼくは弟も同じなのを知った。言葉を交わすよりも、共通の思いを確信しながら黙っている、そんな状態が好ましい時はあるものだ。弟とぼくは、いつも一緒だったからお互いを理解していた。少なくともぼくはそう思っていた。

しかし、あの二人連れ、影たちが去っていくのを見たのはぼくだけだっただろう。弟は眠っていた。眠っていたと思う。

冷たい箔のような秋の空気が、昨日よりは今日というように、夜毎堆積し始めていた。一度眠れば少年の眠りは深い。ベッドの中で、毛布を引き上げ半ば顔を隠して眠っている弟の嵩は、ずいぶんと小さく、その小ささが惨めに見えた。ぼくにしろ、弟よりたいして大きかったわけではない。惨めだったかどうかは、ぼくは自分のことは判らない。でも誰だって自分を惨めだなんて考えたくないと思う。

記憶の映像はぼく一人のものだ。影たちが、ぼくの視野から消える直前、それはすでに小さな像に過ぎなかったが、一瞬二人は向かい合い、それぞれの右手を軽く打ち合わせた。よく気の合った同士が、月の前で無言で微笑み合い、頷き交わしたような、そんなふうにぼくには見えた。そして彼らは丘の下の黒い掌を広げる森に吸われて行った。静かな、この上なく静かな、からっぽの空間が残された。

ぼくの前に差し出されたからっぽの場所、それは本当に何もない真のからっぽとして、風景としてではなく、ひとつの「感じ」として、痛みのようにぼくの胸に残った。今も、その痛みが甦ることがある。

しかし、ぼくに在るのは限られた映像でしかない。前後はない。月と二つの影と、夜の中の草原と森、それらを覆っている夢のような柔らかな沈黙。

月はある瞬間、遮るものなく金属の円盤のように光り、その時だけ影たちの輪郭はこの上なくはっきりしたが、それだけだった。

記憶は途切れる。

もっとも連なると思われる幾つかの断片はある。妙に熱い息苦しさ、ぼくは毛布か厚いタオルか、それとも大人のコート？　何かそのようなものに頭からくるまれ、身体ごと誰かの腕の中を歩かされていた。ぼく自身の呼吸でか、顔の周りが湿っぽくなっていたし、掌に汗もかいていた。ぼくはほとんど何も見えないまま足を運んでいた。時々躓きながら。

ぼくはそうされながら、家から外へ出たことが判った。玄関から幾つかの段を降りたから。弟も同じだっただろうか。弟はどうしていたか。

ぼくを抱きかかえ導くように歩かせてくれたのは、多分祖母だったのだろう。豊かな、しかし緊張に強張った腕がぼくを抱えていた。ぼくの身体が触れた時、それを感じた。

「見なくていい、見なくていい」

祖母が毛布越しに、ぼくの耳にそう囁いたように思う。繁みの鳩のようなくぐもった声だった。それから、その声は、いきなり向きを変え、怒りの籠もった大きなものとなった。

「子供ですから、子供なんだから、早く通して」という声をぼくは聴いた。それがぼくを脅えさせた。

そしてまた忘却。空白の時間がある。幾度も同じような質問をされたように思う。大人の男や女の人たち、優しい人も、怖い感じの人もいた。それはどこだったのか、家ではなかった。丘の上の家に帰ることは二度となかったのだと思う。

丘の上の小さな家、一軒家だった。周囲に家はなかった。

家の後ろは森、周囲は草の原で、それは緩い斜面となって家から三方へと下っている。下りて行く先はまた森だが、一方だけ大きな、しかし浅い川へと繋がっている。大小の白っぽい石がいっぱい転がっている川原を持つ川、水はきれいだった。流れはカーブを描いて、崖を覆っている樹の塊の向こうに見えなくなる。

川は少しもじっとしていなかった。ぼくたちが川原に下りて行き、目の前の水に一枚の葉を落とす。すると速い流れに乗って、葉は見る間に遠ざかる。突き出た石の間を巧みに滑り抜けて。小さな勇敢な舟のように。

途中で何かに引っかかったりしなければ、その葉は確実にぼくたちの知らない場所まで流れて行けるのだ、とぼくは眺めていた。その家を離れてから、田舎の大きな古い祖母の家で、多分一年余り暮らしたように思う。ぼくの記憶ははっきりしないのだが。

そして、頑強にぼくたちを守ってくれた祖母が、短い病臥で呆気なく死んでしまうと、ぼくたちは地方の学校の寮に入れられた。祖母が生前決めていたことだ。祖母との生活は僅かだったが、ぼくたちは、それまで会ったこともない彼女に信頼を寄せるようになっていたのだろう。祖母は温かさを感じさせる人だった。だから遠い学校の寮に入ることも素直に受け入れられたのだ。他に行く所もなかった。

丘の上の家がどうなったのか、ぼくたちは何も知らない。一時的に借りていただけなのかもしれない。祖母の知人が、ぼくたちに遺されたものを管理し、すべてを取り計らってくれた。寮に入る前、その人のオクサンがぼくと弟を連れてデパートに行き、身の回りのものを整えるのを手伝ってくれた。祖母の知人は弁護士で、ぼくたちの後見人でもあったのだ。夫婦は、ぼくの目から見ると年取っていたが、実際はそうでもなかったのかもしれない。

学校は広い運動場の他、農園や養鶏場や木工場を持っていた。校舎は落ち着いた松林に囲まれ、堅く四角くて頑丈な建物だった。建物だけでなく、すべてにわたって堅かった。規則も生活も、教師の印象も、設備も。柔らかなものや曲線は少なかった。でも、それは安心して寄りかかっていられた、ということかもしれない。

鶏舎には騒がしい鶏たちがたくさんいた。ケンカ好きな軍鶏や、ウコッケイなどという妙な名の鳥もいた。鶏は解放されることもあって、ぼくたちは時々思いがけない場所で卵を見つけたものだ。

ぼくが、初めて潅木の繁みで見つけた卵のことを憶えている。それはは茶色くて、まだ仄かに温かかった。握れば瞬時に壊れるだろう、掌の中のその丸みが生命を持っているのが不思議な気がした。生命って意外に脆いのかもしれないと、不安な気がした。

ジャガイモやインゲン、夏にはトウモロコシがいっぱい作られた。整然と並んだトウモロコシは背より高く伸び、その畑に入ると、葉がぼくの耳の上でザワザワした。見上げると、トウモロコシの葉の先に、黒い程に青い空があった。真夏だった。

ぼくたちは休暇中も寮に残る常連だった。でも規則は緩やかになり、構内に住んでいる若い男の先生が、残った者たちを近くの海に連れて行ってくれた。海は一時間くらいで行けたと思う。寮の賄いのおばさんとおじさんも、普段ならメニューにありえないようなものまで食べさせてくれた。

寮には、男子生徒ばかりの特有の匂いが漂っていたが、それにも馴れた。匂いって馴れやすいものなんだ。部屋は三人が一緒に生活する。簡素なベッドと机、ロッカー。持ち物は厳しく限られていたが、禁制の品はどこからともなく現れ、夜になるとこっそりと回された。

教室では得られない知識も得た。

朝、起床すると簡単な体操をし、だだっ広い食堂で、これも簡素な朝食を摂る。それから寮の部屋に一度戻って、離れた場所の校舎に登校する。雨の日は傘が要った。生活はリズムを持ち、一度そのリズムに乗れば日々は極めて速く過ぎていくことを、ぼくは知った。なめらかに滑る日々は、見る間に視界から消えていった、あの、ぼくたちが川に流した一枚の葉を思い出させた。

弟は、棟は別だが、同じように寮にいたから、顔を合わせることもできた。丘の家でのように、いつもいつも二人だけで過ごすということは、もうなかった。

ぼくも弟もそれぞれの友達を持ち、学校と寮の生活は、それなりに忙しかった。時間は区切られ、毎日の、週ごと学期ごとの学業、スポーツ、行事はサンドバッグみたいに詰まっていた。ぼくたちは、それにぶつかっていき、時には弾き返されてひっくり返ったりした。

外人の教師による英語の授業で、ぼくはLとRの発音ができなかった。シタヲマルメテ、と奇妙な青灰色の目をした教師は言い、ぼくに幾度も繰り返させた。英語を口にするのは今も苦手だ。逆にプールでは、すぐに速度のある泳ぎ方をマスターした。陸上でもわりとよい成績をあげ、時には他校の競技会にも出かけて行った。

その他の学科はひどく悪かった。それまでほとんど学校に行っていなかったからだ。でも成績のよくない者のための補習授業があり、ほとんど全科目のそれを受けることで、どうにかついていった。弟の方は、これもぼくと同じだったのに、持ち前の頑張りで課外を受けずとも立派にやっていた。素晴らしい数年間だった。ひたすら伸び、前に進む日々。それでありながら、人生の休暇でもあるような。

週末など、寮の生徒に両親や親戚が面会に来た。そんな時、ぼくはふっとチチとハハのことを考えたが、そのイメージは霞がかかったように淡く、他の親子の関係はぼくの記憶のそれとは異質に思われた。

ごくたまに、あの後見人の夫婦がやって来て、学校にきちんと届けを出した上で、彼らの家に招いてくれた。そんな時の食事は、ぼくたちは寮ではお目にかかれないような、ローストビーフやお鮨をいっぱい詰め込んだものだ。ご馳走だけでなく、入学前みたいにデパートでセーターや靴を買ってくれた。

隅田川を船に乗り、川の上から両岸の町を見たこともある。隅田川は、ぼくが知っていた川とは全然違っていた。速度も清冽さもなく老いた川だった。花火も見た。後見人の住まいは隅田川に近かったのだ。かれらは大川と言っていたが本当に大きな川だった。年取った人達で、会話が噛み合わない時もあったけれど、二人とも穏やかないい人で気詰まりなこともなかった。

今年、ぼくは大学の三年になった。二十歳の誕生日も迎えた（弟は一歳下である）。後見人は改めて、ぼくを家に招いてくれ成人を祝ってくれた。オサケも出て、ぼくはオクサンがわざわざ用意してくれたお赤飯みたいに赤くなった（と言われた）。ぼくも弟も、その時初めてお赤飯というものを食べたのだった。

その時を機に、ぼくは後見人からぼくたちに属するという両親の遺産を受け取った。彼らは古風で良心的な後見人だったと思う。ぼくは大学に入ってから、郊外のアパートで一人暮らしをしていたが、やがて弟も高校を出て別の大学に入ったので、一緒に住むようになった。

遺されたものは銀行の預金と株だったが、多額ではなかった。大学を出、どこかに勤めるまでは質素に暮らさなくてはならない、と話し合った。もっとも、ぼくも弟も車が欲しいとか、海外に行きたいとか、そうしたことは考えなかった。

ぼくたちは若く、未来、未知の嵩は大きかった。そして過去は？　ぼくはあまり過去について考えたことがない。過去はあった。だが、何か大事なことは抜け落ちているように、不鮮明な記憶のかけらばかりが散らばっていた。ジクソーパズルのような断片を取りまとめるのは難しかった。

アパートは二階の端の部屋だった。前は道路、周囲は高い建物はなく明るい。もっとも都心からは遠い。駅からも歩けば十五分くらいかかった。平坦な土地だったから、ぼくたちは自転車を買った。思えば幼い時住んだ家も、寮生活を送った土地も斜面の一部のような場所にあったのだ。

平坦、たいら、というのは見晴らしこそないけれど、何か「地についた」という感覚を齎《もたら》すと思う。ぼくたちは、ずっと「地についていて」いなかったのかもしれない。

無印や百均の店で、弟と必要な物を揃え、別々の大学だったが、曲がりなりにもぼくたちの共同生活は始まった。同じようなものを好んだから、意見の相違は滅多になかった。

弟はコンピューターと数式があればよく、ぼくは優しい音楽のCDがあればよかった。そうした性格的なものだけでなく、中学高校の寮生活で植え付けられたストイックで単純な生活に馴染んでいたのだ。まことに祖母は賢明だった。

アパートは二部屋と小さなキッチンだけだが、郊外の家らしく窓が広かった。ベランダもあり、そこにぼくたちはTシャツやら何やらを干した。休日には掃除をし、洗濯機を回したりしていると、自分が堅実な暮らしをしていると思えた。

生活を投げやりにすることをぼくは怖れた。投げやりにすると、とめどがなくなるような気がした。小さなアパートで、管理人は居ず、たまに大家サンが見回りに来るだけだったが、ぼくたちは「若い男にしてはきれいに住んでいる」と言われた。

大学へは、ぼくと弟は駅から反対方向へ、それぞれほとんど同じ駅の数だけ私鉄に乗って行く。駅への往復では晴れると山が近く見えた。大きな寺院や、昔の豪農の屋敷のような、木に囲まれた広い庭を持つ家もあり、畑や藪も残っていたけれど、道路は無論きれいな舗装道路ばかりである。

夜はベランダから星を見た。たくさんの星型の星たち、それは以前、多分丘の上の家から見たのかもしれない夜の空を思い出させた。すると不意に星たちは鋭角的になり、幾つもの先端が青白く光りながら星から離れ、真っすぐにぼくに向かってくるように思われた。まるで、ぼくを刺そうとでもするかのように。

ぼくと弟は時には一緒にアキハバラに行ったり、ヨコハマに船を見に行ったりしたけれど、概して行動は別々で、それでとてもうまくいっていた。女の友だちもできたが、少なくともぼくにとって女は重要ではなかった。セックスも刺激的ではない。弟はどうだったのだろう。

でも弟には数式が恋人みたいに、ぼくには見える。

弟は早くも大学院まで行くことを決めていた。その先もできれば大学に残って、人生を数字や記号漬けでいきそうだった。ぼくたちはある時、自分たちの手持ちと、弟が一本立ちできるときまでの経費について、改めて検討してみた。有り余りはしないが、アルバイトしながらなら、どうにか間に合うものと考えられた。

しかし、いい若い者が未来のオカネの計算などするべきではないのかもしれない。やる気があり健康であるなら、いつだって何をしたって生きていけると考えるべきだろう。ぼくたちは恵まれていたのだ。多分不当といえるくらいに。

ぼく自身はといえば、卒業したら普通に就職するつもりだ。大きな野心はないし、弟のように優れた頭を持ってもいない。目立たない静かな生活がしたかった。若者らしくない？

そうかもしれない。


時々、以前の丘の上での生活について振り返ってみることがある。そうするには、なぜか自分を無理やり捻じ曲げなければならないような気持ちがしたけれど。

どこにも行かず、来る人もなかった。チチやハハともそれほど会話があったわけではない。

いったい、いつからそんなふうだったか？　丘の上の一軒家に住むようになってからか？　闇の中で、鍵を手にしたチチが立っている。チチは見知らぬ家の扉を開けようとしていた。ハハとぼくと弟は、その後ろで寒さに震えていた。

身体が罅割れそうな風が、音を立てて吹きまくっていた。枯葉や小枝が飛んで来て顔にぶつかった。乾いた嵐だった。扉はなかなか開かなかった。ぼくたちは足踏みしながら待ち、ようやく嫌々のように扉が開くと、外よりももっと暗い内側があった。ぼくたちは一人ずつ、その洞穴のような暗がりに入って行った。

あれが、初めて丘の上の家に着いた時の光景だったのだろうか。四人ともリュックを背負ったり大きなバッグを手に提げたりしている。目を据え、その家に入っていった時から、洞窟に棲む家族の暮らしが始まったのか。

しかし、もっと幼い頃は祖母の家の近くにいたように思う。そこから幼稚園にも行ったし、小学校にも少しは通ったはずだ。幼稚園か小学校かの運動会を憶えている。勇ましく鳴り響く音楽や人々のどよめき、張り巡らされた万国旗。

旗は、その後も時々ぼくの頭の中で翻って思い出された。それは、さまざまな色をした希望のように見えた。

家にはチチとハハ、ぼくと弟の四人だけがいた。チチとハハはおおかたベッドの上で時間を過ごした。食事は、時々チチがどこからか大量に買って来たものを食べた。調理しなくても食べられる物がほとんどだった。

ぼくと弟はそうしたものを与えられると、部屋の片隅に据えられた木のテーブルで黙って食べた。時には川原に持って行き、石の上に座って食べた。ノリマキやカップラーメンや、いろいろな種類のパンなどを。

川の音を聴きながら堅い棒状のパンをむしって食べる。塩味のパンを初めのうちは急いで喉を詰まらせながら食べる。でも空腹が治まると、たちまち世にもつまらないものに思えてくるのも、そのパンだった。

パン屑を川に払うと、それは白々とふやけ流れて行った。すると、ぼくたちは胃袋ではないところで、あらためて空腹みたいなものを覚えるのだった。

パックの牛乳を飲み、トマトや胡瓜は塩やマヨネーズをつけて食べた。チチもハハも同じようにして食べていた。毎日食べて、寝る、それだけだった。繰り返しだった。果てしのない繰り返し。

食べものは充分あり寝床もあり、時間はいっぱいある。でも、それ以外何もなかった。T

Vも新聞も。本だけは持って来た幾冊かがあったが。

ぼくたちはよく川や森に行った。チチとハハが一緒に来ることはなかった。人にも会わなかった。ぼくと弟は、手をつないで歩いた。弟が緊張したり、驚いたりすると、つないでいる手に突然力が籠もって、ぼくまでびっくりする、そんなことが時々あった。

川では釣りの真似事をした。棒切れに紐をつけ、そこいらにいる虫を餌にして。あの川にサカナはいたのだろうか。ぼくたちはそこで何かを釣り上げたり、掬ったりしたことはなかった。

でも川は好きだった。川はぼくたちに語りかけてくれたから。優しい時も乱暴な時もあったけれど、川には光が満ちていた。そして動いていた。動いて、ぼくたちが見えない場所へと、川が行けるのが羨ましかった。

森へ行くと樹に登った。幹が太く、ほとんど地に水平に見えるような、がっしりした横枝（その枝には弟と並んで腰掛けることもできた）が張った樹があった。上へ上へ。枝は重なって登りやすいが、決して一番上には辿り着けない高く大きな樹。

かなり登った、と思っても枝に跨ってみるとそれほどでもなくて、がっかりしたものだ。期待したような外側の世界も見えず、ただ頭上に広がる枝の交錯と夥しい緑の葉、その隙間から落ちてくる硝子のような陽光ばかりだった。

森はいつも湿っていた。無数の落ち葉が重なり朽ちて、形を留めなくなった上に更に落ち葉が積もっていた。倒れたままの樹の崩れそうな肌に茸がたくさん生えていた。にょきにょきした小さな可愛い茸だった。

あの頃、ぼくたちは森の外に出てみたかったのだろうか。でも、なぜか森を抜けてみることはなかったし、川伝いに歩いて行くことも考えつかなかった。川はいつも先へ先へと急いでいたから、ぼくたちがそれについて歩いて行くこともできただろうに。川原が途切れ、いきなり崖と淵になっている所もあったが、機敏な少年なら崖の上を回りこんでも行けたはずなのに。

当時、チチとハハとの共同体から脱け出してはいけないのだと思い込んでいた。そうだ、共同体とその言葉で考えたのではなかったけれど、確かにそう思っていた。固まった一個の石鹸みたいな共同体。

ある時、誰かが来て「子供たちを学校へやらなければいけない」と言った。チチは面倒な議論などしなかった。といって腕づくでもなく、二人連れの彼らを追い払った。ぼくは、その人たちが後ろ、ぼくたちの家の方を何度も振り返りながら、ゆっくりとオレンジの陽の当たっている丘を降りて行くのを見ていた。陽も丘も、繁る野草も黙ったままであった。

チチとハハは、どうしてそんな人里離れた場所に住むようになったのだろう？　何かから逃れて？　しかし森を抜ければ、人里が遠かったとは思えない。後になってそんなふうに考えた。けっして深い山などではなかった。ぼくたちが小さかったから、森がどこまでも続いているように見えたのだろう。でも、その森が密度を持っていたのは本当だ。両親は何かに追われていたのか、それとも単なる社会からの逃避だったのか。

ぼくは学校へ行きたかった。丘の上の家にいて、単調な日々に閉じ込められて過ごすのはいやだった。しかし何故か、外側に対する恐れがあったのも本当だ。見えない檻の中にぼくたちはいたのだ。ぼくと弟だけではなく、おそらくチチもハハも。蜘蛛の巣みたいな粘着質の檻。

夏のある日、川で同じ位の大きさの子供たちが遊んでいるのを見た。ぼくは、そこへいっていいかとチチに尋ねた。おずおずと。そう、おずおずとしていたに違いない。ぼくは父にものを言う時いつもそうだったから。チチは手が早かった。ぼくも弟も、そしてハハも、そのことをよく知っていた。ハハもチチを怖れていたと思う。しかし奇妙なことに、ぼくはチチもハハを怖れていると感じた。

ハハはある意味、幽霊みたいだった。透き通るような肌と髪をした美しい幽霊、ほっそりと痩せていたが、全身の輪郭がなめらかに優しい線を描いていた。シルエットは素晴らしかったと憶えている。

母親は綺麗でなくてはならないのだ、少年にとっては特に。記憶の中であっても。でも、ぼくがいつか結婚するとしたら、ハハのような女を選びはしないだろう。なんだか現実離れした綺麗さだった。もし本物の幽霊がハハと出くわしたら、本物の方がこわがったかもしれないと思ってしまう。

ハハは滅多に口をきかず、チチにだけは従っていた。そしてチチは僅かな家事に関することは自分がすべて引き受け、ハハを見守っていた。チチにはそれがいっぱいで、ぼくたちはチチの視野にはたまに映るだけの存在みたいだった。

当時、ぼくに心の病に関するの知識があったら、ハハを理解できたかもしれない。その頃は何も理解できなかったし、そういうものがあることも知ってはいなかった。

ぼくはこの頃、よく考える。「もし……」という、この無残な言葉について。もし、自分が……をしなかったら。もし……していたら。それは残酷な言葉だ。取り返しつかない、という意味とほとんど同じように思われる。

ただ、その頃も、ぼくが以前知っていたはずのハハはこんな人だっただろうか、と考える時はあった。もっと、言葉をかけられ、ぼくたちとも話していた時期はあったのだ。いつからハハと会話できなくなったのか。疑問は時々、ぼくの中で、薬品を溶かした泡のように吹き上がって来たけれど、それを突き止めようともしなかった。しなければならない目の前のこともこれといってなかったのだが。

小さな子供は、あるがままの親を受け入れるものだ。他にどうしようがあろう。両親を選ぶことはできない。どんな親であっても、その人たちのいる場所の他に行く所がない。

どれほどの日々が過ぎたのか。あるいは月が。年が。ぼくも弟も背が伸びた。森の入り口に一本、上の方まで枝のない樹があった。それほど大きな樹ではなかった。多分、その樹もまだ若かったのだろう。ぼくたちはその樹が好きで、よくその少し赤みがかった滑らかな肌に抱きついたり、自分たちの身長を標し付けたりした。ナイフは使わなかった。樹を苛めるのはよくないことだったから。

樹に幾つか標が付けられ、ぼくたちは成長していることを知った。身体だけが成長した。

あの樹は今も森の入り口にあるだろうか。ぼくたちが好きだった樹。駆け寄って抱きしめた樹。もう一度会ったら、樹はぼくたちのことを憶えているだろうか？　葉を鳴らし、挨拶してくれるだろうか。ぼくたちが付けた黒いボールペンの跡など、とっくに消えてしまったかもしれないが。それにしても、あの丘や森や樹たちは今もそのままあるのか。ぼくが、その場所を考えている、この現在も。

透明な秋、丘では枯れた雑草が種子を弾く。森では樹が風に軋んで、まるで遊戯のように小さな実を地面に落とす。樹の実は元気に、時々跳ね上がるようにして転がって行き、ある時不意に、ここ！　と決めたように転がるのを止める。かれらは、そこを「未来への場所」と決めたのだ。かれらは小さな小さな存在でありながら、来るべき芽生えの時を夢見、命を繋ぐのだ。だから、かれらはきっと淋しくない。

しかしすべては、蜃気楼のような幾つかの断片に過ぎない。浮かんでは消えていってしまいそうな、かつての日々とそこでの時間の記憶。過去は、未来にどう結びつくのか。ぼくたちに樹木の確かさは無い。

弟とも、その頃の話をすることはない。弟にとっても消したい記憶なのかもしれない。無意識に消そう、消そうとしていれば、それは失われてしまうのか、それとも意識の底で眠っているだけなのか？

弟と以前の話をする時は、祖母との短い生活や、その後の学校のことから始まるのが常だった。ぼくたちが学校と寮生活の思い出を共有しているのは幸せだった。習った先生たちの話、真冬のマラソン大会のこと、寮の新入生に対する荒っぽい洗礼。

「あった！　あった！　そういうことあったよなあ」、ぼくと弟は狭い部屋に敷いた布団に寝そべって、話したり笑ったりした。けれど、それ以前のこととなると話は弾まなくなる。過去はぼやけ、まだらになる。

弟のなめらかな額や整った横顔は、ぼくの憶えているハハに似ていた。だが、笑顔はハハの夢見るようなそれと違い、安定した核を持つ若者のいい笑顔だった。そのことはぼくのひそかな安堵である。大学に早く出なくていい日、ぼくはゆっくりと起きて、部屋を片付け、オムレツを作る。弟が一緒の時は、卵を四個使って弟の分も作った。卵を掻き混ぜ、生クリームをちょっぴり入れる。バターはどっさり。タマネギもチーズも何も入れない、シンプルなプレーンオムレツ。火を強くして、ごく短い時間で焼いてしまう。オムレツはただ白いだけの皿が似合う。インゲンかクレソンか、何か緑をちょっと添える。

琺瑯の器に卵を割り入れながら、不意に、チチが同じことをしていたと、その手元を思い出したことがあった。チチの手の中で、白や茶色の卵が何と小さく見えたことだろう。チチは幾つもの卵を次々と割っていく。いったい幾つの卵を使ったのだろうか。

熱した黒いフライパンから立ち昇る溶けたバターの匂い。チチは出来上がった皿をハハの所へ運ぶ。粗く切った胡瓜やトマトの器と共に。ハハの微笑。ロウソクの火がゆらめくようなそれ。

すると、あの家でチチが料理をしたこともあったわけだ。いつも出来合いのものばかり食べさせられていたような気がするのだが。

チチは大切そうに、皿をハハに運んでいた。ハハは何もしなかった。入浴さえチチがさせてやっていた。まるで、赤ちゃんをお風呂に入れるように大切そうに。

今朝、ぼくは一人だった。大学へは午後から行けばよかった。弟の姿はすでにない。彼は勤勉な学生で、出来るだけ早く取れる限りの単位を取ってしまうつもりらしかった。

ぼくは例によってオムレツを焼き、パンを焼いた。珈琲は好かないので紅茶を淹れた。いい匂いのトーストとオムレツを食べながら、ぼくは本を開いた。一人の時は活字を見ながら食べるのが好きだ。

法学部で刑法の講義にも出ていたぼくの、同じ教室の友人から借りた本だ。学術書ではなく、どちらかといえば読み物的な本だが、さまざまな実際の事件の例が挙げられている。知っている事件もあったし、聞いたことのないものもあった。ぼくはフォークを片手に、ゆっくりと頁を繰っていった。

中に数頁にわたって「迷宮入りとなった事件」という部分があった。そこには幾つかのいわゆるお宮入りになったという事例が記されていた。その中の一つに、ぼくの目は吸い寄せられた。

「この事件は平成○○年秋、○○県○市の外れで起きた。被害者は二年余り前より○市に移り住んだ無職の夫婦である。夫はアイスピックで背後から首の付け根を刺され、妻の方は絞殺であった。凶器のアイスピックは現場に残されていたが、指紋は検出されなかった。紐は髪を除けるように丁寧に幾重にも巻き付けられていた。他殺であることは明白だったが、当時夫婦は辺りの住民の誰とも交際がなく、家も一軒家で孤立しており目撃者も現れなかった。捜査は困難を極めた。家は別荘風の造りで大きくはなく、階下は台所と食堂を兼ねた広めの部屋と、隣接した一部屋のみ。二階に一部屋があった。現場を見つけたのは廃品を集めていた男で、彼によると、その夜は街を歩き回り疲れたので、森の中の作業小屋のような所で眠った。寒くて目覚めると明け方になっていた。森を抜けて見回すと丘の上に家が見えたので近付いてみた、というものだった。開いたドアから中を覗いたということから、初めこのホームレスの男が疑われたが証拠もなく容疑は晴れた。○市に移る以前の被害者夫婦の生活についても不明な点が多く、殺害の動機、目的も不明であった。夫婦には二人の子供がいたが二階で眠っていた。不思議な事件ともいえるが、家族が周囲と接触を絶って引き籠もった生活をしていたことが解決に至らなかった理由の一つであったと考えられる」

ぼくは本を閉じた。

硝子戸を開け、ベランダに出た。前の道路は明るく午前の陽がさしていた。タオルにくるまれた赤ん坊を乗せたバギーを、若い母親がゆっくりと押して過ぎた。幼児が小さな赤いプラスティックのバケツを振り回しながら、その後を付いて行く。アパートと道路を区切る生垣の下に蹲る白い猫。

水のように空が広がって、空気にはこの季節特有の忍び入るようなひややかさがあった。キンモクセイの香が漂い、辺りは昨日と同じ秋の日だった。

ひややかな感触、そうだ、アイスピックだ。あの氷を砕くことも叩くことも出来る鋭利な道具。堅い柄、細く光った先端、凶器としての。

ぼくの内側で目隠しの布がはらりと落ちた。あの夜、今のような季節だったに違いない。ベッドの上で、チチがハハの首を締めた。蛇のような紐がチチの手の中にあった。細い紐だった。チチの裸の腕の一瞬盛り上がった筋肉まで、ぼくは思い出した。記憶の絵の出現は突然だった。

チチはぼくが上から見ていることに気付かなかった。ハハは声を立てず、全身を優雅に撓《しな》わせ、やがて動かなくなった。短い間に起こったことだ。ハハは死んだ。ぼくにはそれが解った。触れることなしに理解がやって来た。ぼくは氷の海を見ていた。

ハハの上に全身で覆い被さったチチは、白い身体を抱き号泣した。その時、自分でも知らない間に階下に降りたぼくは、チチのうなじにアイスピックを突き立てたのだ。アイスピックはテーブルの上に無造作に投げ出されていたものだ。チチもまた声一つ上げなかった。微かな、人ではないような音を発しただけで。滑らかに刺さった手応えまでが甦った。ぼくは返り血も浴びなかった。人にとって致命的となる場所を、少年のぼくが知っていたとは思えない。あの時、ぼくの目の中のチチの身体に、どこからか指し示す手があったのか、瞬間だが、ここだという声を感じた。声は澄んでいた。

なぜ、ぼくがアイスピックを握ったのか？　ハハを死なせたチチに抗したのではない。その行為によって、閉ざされたぼくたちの日々を裂こうとしたのでもないと思う。ぼくにはわからない。ただ、ぼくにはチチがハハを愛していたことは解った。チチにとって、ハハが唯一つすべてであったということも。

チチが哀れだった。同時に、哀れなチチという存在をぼくは許せなかったのだろうか。記事によれば、アイスピックに「指紋は出なかった」という。ぼくの指紋は付かなかったのか？　そんなはずはない。ぼくは瞬間的にそれを素手で握ったと思う。堅い木製の柄の部分に捺された指紋はどうなったのか。

目の前に浮かび上がるのは弟だ。弟が指紋を消した。弟の、黙って迅速に事を処理する気質は、そんな小さな時から発揮されたのだ。弟はアイスピックを捨てることはしなかった。ただ指紋だけを綿密に消した。ぼくには考えも出来なかったことだ。しかし、その時、弟が取ったであろう行動が今は想像できる。目の前のことのように。

ぼくたちはいつも一緒だった。そして「二人きりという孤独」を生きていた。川原、森の中、意味なく微笑を浮かべているハハ、荒れるチチを恐れながら、豪雨の外に出て行くこともできずにいた夜。

ぼく自身はアイスピックを抛り投げ、這うように屋根裏に戻ったように思う。幅の狭いベッドに身を投げ出した時、身体からあらゆる力が抜けていった。夜はまだ深く、閉じた瞼に天窓からの煌々とした月の光が滲んだ。月は迫るように、ひとつの意志のように、ぼくの上で大きさを増していった。月がぼくを吸い込んだ。その時から、よく夢を見た。

祖母は——唯一、祖母のものだけが外界と丘の家を繋ぐ電話番号として残されていたのだが——警察からの知らせを受けると二時間かかって、それでもまだ朝のうちにやって来た。彼女は娘と、その夫の生活について何も知らされていなかったと嘆いた。

「ずっと、何の連絡もしてこなかったんですよ」

祖母の声には腹立ちを抑えられない響きがあった。そしてチチハハの死を嘆くよりも、まず、ぼくたちを胸の中に抱え込むことに必死となったのだ。それは頼もしい胸だった。ぼくたちを救う船のように、祖母はしっかりと碇を下ろし、ぼくたちを安全な船室に置いた。

後になって、チチとハハ、ぼくたちの生活が極めて異常だったと人々、多くは由縁《ゆかり》もない他人が言うのを耳にした。だが、そこにいた子供には親が異常かどうか判りはしない。仮にそれを感じていたとしても、いったい何ができるだろう。親が恐ろしいなら、他人はもっと恐ろしいに違いないから。

ぼくの見る夢は鮮やかだった。

丘の上から出て行った影たち、互いに微笑し頷き交わし、月光の中に消えて行った二人。風が吹いて丈高い草と共に傾いていた、かれらのくっきりした影。濃く、手で掴めそうな影だった。そして誰もいなくなった月光の中に草原がなだれていた。美しい夜だった。

ぼくの夢と記憶、現実の境はどこにあるのだろう。——そして絶望と願望の境は？

キンモクセイのしっとりと冷たい匂いが全身に滲み、ぼくは激しく揺れながら、ベランダに立ち尽くしていた。

味の話

I　つぶれ梅

昼のニュースを見ながらの夫婦の食事が済むと、澄子はしばらく台所で水音を立てていたが、やがて
「じゃ、ちょっと行って来るわね。町まで」

と、そのまま新吾の座っている茶の間を覗いた。

「買ってくるのは？　祝儀袋と、他に何か……」

問う口調は、いつもながら明晰という感じが、ぴたり合うように新吾は思う。

座ったまま、澄子を見上げて、

「それだけだった、と思うが」

ちょっと眩しいような目をした。

町と澄子が言った古い城下町の、国道沿いの大きな料理屋にいた彼女と一緒になって八年経つのに、新吾は今も時々そんな目で女房を見る。

すらりとした澄子は、立つとまた上背があるように見えて、目鼻立ちのくっきりした小さな顔が遠くにあるみたいだ。

新吾自身は小柄だし、生活に支障こそないが片足にちょっと障害があって、歩く時、それを少し引きずる。

夫婦が住んでいるのは、城下町のはずれ、電車では一駅だけ西側になる。すべてを城下町に頼っているような所であるから、駅はあっても銀行一つない。住んでいる人は皆、買い物も娯楽も金融機関の用事も、町まで出かけて行く。

町は周辺が公園になっている城もあり、観光客がやって来る。古くからの避暑地の麓でもある。城下町の伝統がいまだに濃く息づいていて、道具屋も呉服屋も菓子屋も、御用達といった感じの店が残っている。それらが古めかしいなりに侘びしげではなく商いをしている町だ。最近では、洒落たパン屋やブティックも増えた。

かと思えばざわざわと陽気な、昔ながらの市場もある。市場の魚屋はいつも大きな声が飛び交い、辺りは旺盛な水に濡れていた。パックしていない魚が積まれている。人通りに面した場所で火を起こし、烏賊なんかが焼かれ、匂いにつられて人が寄って行く。

年中、えらく大きなおはぎを売っている和菓子屋もあって、それがまたよく売れる。地方都市としては、賑わっている方に違いない。

新吾が頼んだ祝儀袋にしろ、普通のものは無論、「上棟祝い」から「お車代」「茶菓代」、「ご祈禱料」といったものまで多くの種類を揃えた店がちゃんとある。

澄子は車を運転しないので、バスかJRを使う。バスの停留所は近いが、電車の駅までは途中蜜柑畑もある坂道を十分あまり下らなければならない。しかし、その道は四季を問わず気持ちのよい道で、天気さえ悪くなければ、澄子は駅まで歩いて電車に乗って出かけて行く。それに電車の方がずっと安い。

一度離婚をして、新吾と一緒になるまで、料理屋で働いて子供一人を育ててきた澄子は、吝嗇ではないが、まあ合理的な方であろうと新吾は見ている。無駄なことはしないのだ。

小学校の高学年だった桃子という女の子を連れ、新吾のもとに来た澄子は働いて貯めたという持参金みたいなものを持って来た。そのことが、新吾の結婚に反対だった口うるさい親戚連中も黙らせた。古くから土地にいる新吾の家は親類が多く、「料理屋の女」がアパートや広い駐車場などを持つ新吾の、資産目当てに一緒になったような言い方をする者もあった。

そんな考え自体卑しいのだと新吾は思い、澄子には何も言わなかった。澄子は一生懸命働いたに違いないのだから。

新吾の資産といったって、昔からの土地と、親が昔、一人息子の彼に建ててくれたアパートなどで、新吾の働きというわけではない。威張れたものではないのだ。今年から東京の短大へやった桃子は、

「あたし、おやつはいつもワレセンとカステラの端っこだった」

「ワレセンって、何だ」新吾が聞くと、

「お父さん（一緒に暮らし始めて間もなくから、そう呼んでくれた。気難しい娘ではない。さっぱりと化粧もしないが、きれいな娘だと、新吾はひそかに自慢に思っている）、知らないかな。おせんべの割れかけたのとか、半端なのをいっぱい袋に詰めてね。売っているお店がある。カステラの細い端もそう。それ買うの結構楽しみだったよ」

「ワレセン、か」

澄子はそうやって貯金をしたのだなと新吾は考える。

そういえば、城下町には名産品として蒲鉾や梅干しがある。町から少し外れると、梅林もあって花の時は美しい。その里が梅の香に匂い立つ。

海山、双方に恵まれた町で、魚の加工品もあれば、柑橘類やそれを使った菓子もある。背

後の山があることから、木工品もある。

こういう土地に城を構えた武将は偉い、と地の人間である新吾は時々思う。時代小説が好きな新吾は、そういう武将ならば、自分も足軽なりとも仕えてみたいなどと考え、いや足が不自由な自分では取り立てられるはずもないと、現実と混同して空想する。

駅の前には武将の大きな銅像があって、新吾は時々それを見上げては、土地が誇りとする武将の時代に思いを馳せる。台座の上で少し顔を斜めにした武将は、新吾の気持ちとは関係なく、兜の下の目でじっと遥かなところを見つめているのだった。

梅干しのことだが、桃子の言っていた「ワレセン」から、新吾は澄子の習慣を連想した。澄子は毎朝、お茶と一緒に梅干しを一つ食べる。新吾もいつの間にか同じことをするようになっていたが、その梅干しがいつも「つぶれ梅」というのに決まっていた。これも町から買ってくるのである。

皺のあるなりにふっくらした丸い梅干し、その売り物の規格から外れたようなものを集めて売っているらしいが、形が悪かったり、皮が破れたりしていても、質はちっとも変わらないと澄子は言う。売り手買い手の納得づくで、ワレセンやカステラの端を集めたのと同じことのようだ。澄子はそういうものを見つけ、馴染み、経済的な意味だけではなしに、なんとなく好きになったのだろう。

「安いから、というだけではないのよ」

ちょっと恥ずかしそうに言ったことがある。

「面白い形してるし。一つ一つ違って」

本当にそんな感じもあった。

地元の商店主から旅の人まで相手の、二階の座敷には芸者も入る昔からの料理屋で、「あんたがいれば芸者いらんな」と言われたこともある澄子の、これが一面であった。

今では毎朝朝食の卓に向かい合って、夫婦で梅干しを摘み、茶を飲むひとときがある。澄子は、新吾と一緒になると化粧というものをしなくなった。あれは営業用よ、と言う。そして、化粧気のない肌は洗いさらしたようでなめらかに若々しかったが、新吾は時折りしっかり眉や紅をひいた澄子を見たいような気もするのだった。

十年前になる。その頃新吾は、地元の友達や親戚の老人とよくその店に行っていた。法事や慶事でなくても、外での食事となると老人たちは頑固に、昔からあるその料理屋でないと承知しないようなところがあった。

東海道のざわめきに面した、昔の旅館のような構えながら入りやすい店。どっしりした柱、明るく広い座敷、大ぶりに活けられた花。てらてら光る幅広い階段や手摺は、神経質な新吾のような者も寛がせた。古い建物だが手入れが届いて、万事にゆとりのあったであろう大昔の名残りのようなものが揺曳していた。昼間から一見の旅人でも酒食できる店である。夕方からしか開けないような、小綺麗な料理屋とは違っていた。

新吾はそこで、古めかしくいうなら、澄子を見初めた。何時も忙しそうに料理を運んだり階段を上り下りしている何人もの女中の中で、澄子について印象を深めたのはある年の夏だった。新吾は三十代を終えようとしていた。

新吾は、料理屋近くに住む親類の老人とよくそこへ行くのだったが、帰途度々裏口から帰ることがあった。老人が、自分の家に帰るのにその方が便利だったのである。

店は国道と、国道に平行する道路の間にあり、国道でない道路側には業者と店の者のための、これも広い出入り口があった。店の主人とも知り合いだったから、親戚の老人はそれが普通のことで、大回りしなければならない表門は使わなかった。履物は玄関で履くが、店の建物の脇に沿って、植え込みのある狭い小道から裏側に回って行く。新吾も、一緒によくそうして帰った。

ある夕方、新吾は機嫌よく酔った老人をなかば抱えながら、その小道を辿っていた。大きな建物伝いに裏口まで続く砂利の敷かれた小道であった。すると、ツツジか何かの茂みの傍らにしゃがんだ着物の女がいて、それが澄子だった。

つい今しがた、料理を運んでいる姿を見たように思ったので新吾は不思議な気がし、澄子に化けた狐が現れたのかと思った。狐や狸は新吾の幼い頃は珍しくなかった。今も、町を囲む山に入れば鹿も猪も猿もいる。猿は住宅街を歩いているのを見ることもあった。

まだ夜になりきっていず、そこは格別暗くはなかった。澄子は縺れるように歩いてくる老人と新吾に気付くとすぐに立ち上がったが、新吾は彼女の一瞬前の表情、中空を見据えていた悽愴《せいそう》とでもいうべきそれを見てしまった。目が吊ったようで、口元は堅く結ばれ、それが歪んでいた。

小造りに整った、日頃愛想よい顔しか知らない新吾がその落差に驚くような荒涼とした表情であった。

「お帰りでいらっしゃいますか。ありがとうございました」

二人に声をかけて来たが、たちまちに面を付けたような微笑の顔がそこにあって新吾をまた驚かせ、再び狐ではないかと疑った。

その後、澄子のそうした表情を再び見る機会はなかったが、新吾は彼女が気になり、料理屋に行った時だけでなく、近くを通りかかったような際もその姿をひそかに目で探したりした。

しゃんしゃん働いている、職業的に綺麗な女としては気に留めなかったのに、むしろ醜いといえる表情、内面の氾濫を見せた澄子に惹かれたのだった。

そして口数の多くない自分を励まし励まして外で会ったのがもう翌年、城の菖蒲を見に行ったのが最初であった。

池を前にして、紫、濃淡の夥しい菖蒲が、ついついと茎をのばしていた。曇り日だったが、舞台の書き割りのように鮮やかな花群を眺めて、新吾は思い切って誘ってよかったと思った。

その思いは、広場の遠くに現れた澄子の着物の淡い紫を見た時、一層確かなものとなった。石垣や黒い城門、池にかかる橋の情景の中で、澄子自身一茎の菖蒲に似、湿った曇り空に映えて、爽やかな立ち姿であった。

一年後、結婚に漕ぎ着けるまでには曲折もあった。おとなしいと人にいわれる新吾が頑なに意思を通したのは、あるいは初めてのことだったかもしれない。確り者の母親がまだ生きていた。

寝たきりになっても病院へ入らず家にいることを望んだ母親を、新吾は澄子と面倒を見て送り、家の表に面した一隅の、もとからの煙草（今は煙草は売れないのだが）の店も続け八年の日々を過ごして来た。

澄子が、あの凄まじい表情を見せることはついぞないが、新吾との生活に完全に満足しているのかどうか、新吾には分からない。澄子は家の中でも、きびきび働き、優しい。化粧こそしないが、その優しさも「営業」なのだろうかなどと、新吾は考えることもある。といっても新吾は複雑なことは苦手だし、心理的な問い掛けなどできない。そうした言葉の手持ちがない。澄子は料理屋にいた時と同じ、家の中でも手早い。アパートの面倒も見る。

裏手のアパートには何所帯か入っていて、ごくたまに住人が変わった。その度のリフォーム、滅多にないが揉め事も時にある。世慣れた澄子が、そういう時もうまく捌いてくれるようになった。

新吾の方は口は駄目だが手は器用なので、ちょっとした修理ならできる。ゆっくりと時間をかけて、ペンキを塗ったりもする。鍵を取り替えるとか、簡単な電気製品のことも少しは分かる。

澄子は前の夫が前科を持ち、覚醒剤も用いたというから、初めて新吾が彼女に目を止めた時の荒涼は、まだそうした何かを引きずった感情が露わになった時かもしれなかった。埼玉で生まれ、東京根岸で働き、伊豆にも行ったことがあるというから、地元で生まれ育った新吾の親類などから見れば渡り者なのであった。

そんな澄子だが、この城下町の生活だけは長く、店に近いアパートから通って、桃子も城近くの小学校へ通った。桃子が小さい頃は、料理屋の休みには学校を休ませ、親子で遊びにでかけたという。

学校など病気以外休むものではないと信じて来た律気な新吾は、そんな澄子が放胆に見える。

「たまの仕事休みくらい、学校休ませても一緒にどこかへ行きたかったから」

澄子はそんなふうに言った。

「普段、帰りも遅いでしょう？　お休みは目いっぱい、親子くっついて過ごしたのよ」

新吾は澄子の話を聞くのが好きだった。何でもないことでも、メリハリの利いた口調と、豊かな表情が飽きなかった。

しかし、新吾は澄子が語る以上のことを聞き糾そうとしたことはない。彼女の過去をすっかり知っていたいとも考えない。澄子と会って一緒になれれば、と願ったし、今はこのまま二人で暮らし、年をとっていきたいと思っている。

いつか澄子がこの家を出て、どこかに「渡」らないかと不安が兆す時もあったが、とにかく八年経った。長かったような短かったような八年であった。

正月には近くの神社に初詣に行き、二月は近場だが山中の温泉場に出かける。一晩、渓流沿いの旅館に泊まって、そこでは猪鍋を食べる。秋はススキの原を見に行く。この時も日帰りだが温泉につかる。そんな季節ごとの習慣も出来た。新吾は習慣が好きだ。繰り返すことが安心なのだ。

「今年もここへ来られた」と、山中の変哲もない旅館の座敷に座り、去年と変わらぬ眼下の渓流を眺めて、深い満足にひたるのだった。

短大生の桃子に会いに、時々東京へ行くのは今のところ澄子だけだが、機会を見てそのうち自分も一緒に行き、三人で東京の町を歩いてみたいとも考えている。

そんなふうに澄子との絆を堅固にしたいと思うのは、どこかに得体の知れない不安があるからだろうかとも思うが、それも突き詰めたくはなかった。思考は、まして、そういうことでは避けていたい。澄子の前夫が、今どこで何をしているのか新吾は知らない。澄子が知っているのかどうか、それも知らなかった。別れた夫というのは、女にとって、どういう感じのものなのだろう。

煙草の客が来てもすぐに分かるように、新吾は店に続いた六畳で読みかけの本を開いた。池波正太郎をよく読む。畳にくっきりした秋の陽ざしが入って、道路に面した新吾の家と裏手のアパートの間にあるモクセイが匂った。

少年時代から身体が覚えている秋の空気であった。父と母と自分が過ごした時のままの家である。父を送り、母も送った。今は澄子と二人きりだが、そうなったのも、なるべき自然な在りように感じられる。モクセイが季節となれば、毎年花をつけ辺りに香を漂わすように。

アパートに住んでいる夫婦の一人息子が近く結婚する。入居した時はまだ中学生だった子だ。よく自転車を乗り回していた。自転車がバイクになった。バイクで事故を起こし（幸い単独で怪我も軽かった）、そのうち四輪に変わったと思っていたら、もう嫁さんを貰うのだ。澄子に頼んだ祝儀袋は、ささやかな祝いをやりたいためだった。

本から目を上げると、電車の線路が見え、さらに向こうには秋の少し濃くなった青色の海が広がって、世は事もなく、というふうに見える。でも苦労している人も沢山いる世の中に違いない。おれは苦労していない。澄子を得た。世の中に向かって申し訳ないような気もする。

静かな足音がして、横手の玄関の引戸が開き、澄子が帰って来た。新吾のいる六畳に入って来る。

「ただいま、遅かった?」

「いや」

「はい、これでいいかしら。あの店は本当に揃っているわ。感心しちゃう」

すっと畳に座った澄子は、バッグから折らないよう何かに挟んできた祝儀袋を、陽ざしに艶を持って光っている卓の上に置いた。

祝儀袋というのはいいものだな、と新吾は思った。金や赤の色の華やかな感じが、こちらの心まで、ときめかせる。新吾と澄子は籍は入れたが、式は挙げていないのだった。

一度きちんと座った澄子が、柔らかく斜めに身体を崩す。疲れた時など、そうした姿態を見せることがあって、すると新吾は、その膝に手を掛けたくなるのだった。優しい花を描いたスカートの下に、白く、すべらかな膝と腿がある。新吾の手は、その感触を、さらに奥にある瀑布のそれも知っている。飛沫に濡れ、新吾が溺れ込む熱い瀑布だった。

「それから、ハイ、つぶれ梅」

澄子が、新吾の好む茶巾寿司の折りと一緒に出したのは、馴染みのパックで、彼には、なんだか澄子の言葉が「つぶれん女《め》」と聞こえた。

Ⅱ　白いシチュー

「もうじきだな」

朝、工場へ出る時、Mが話しかけて来た。

「ああ」

おれは簡潔に答える。無駄話はできない場所だ。

作業の始まりとともに機械的に身体を動かしながら、Mの言った日数を頭の中で数えてみた。もう何度となく同じことを繰り返してきた。

目途は立っている。そう告げられてもいる。しかし、ここで喧嘩をするとか従順でない行動をとれば、状況はぐらり変わるだろう。前例もあったことだ。

工場を見渡す。広い。無味乾燥な広さ。担当が立っているが、隙のない姿勢というわけでもない。彼らも時間を費消しているに過ぎない。おれたちと同じように。

時間を、水のように自分の立つ位置の後方へ流していくこと、どこかへ到達するには、おれたちにはそれしかないが、彼らは同じように時間を費消するにしても、どこへ行こうとしているのだろう。たっぷりした退職金の老後か。あるいは上のポストに就くことなのか。そうした未来は確固としているのだろうか。信じるに足る未来、は、おれに、そして彼らにあるのか。

ここには死刑囚はいない。彼らに労役はないから。おれは外にいた時は、人を殺せばすぐに死刑になるものと思っていた。別に、そんなことを常時考えていたわけではないが、なんとなく、そう想像していた。

だから、おれが（殺意を持って）あの男に刃物を向けた時、おれの頭には一瞬、これで自分は死刑になるのだという気持ちが横切った。

しかし相手は死なず、結果おれは情けない傷害の罪に服したのだった。あの時、揉み合いになって相手と共に死んでもよかったのに。

事後のしばらくの興奮の中で、おれはそう思ったのだが、事態はそうはならなかった。

刑務所は東京から遠くなかったから、毬子が来てくれるかと思ったが、それはなかった。その代わりというか、互いに大人になってからは、それほど親しくもしていなかった兄がやって来た。差し入れもしてくれた。毬子は兄の妻だ。

兄は毬子とは別の家庭を持っていた。だから毬子は小田急線沿線の広い家に、たった一人で住んでいた。兄夫婦にどういう経緯があったのか、おれは何も知らない。二人の別居は長かったようだ。

ある年の暮れ、寒い日だった。日本橋の兄の店に珍しく寄ったおれに、兄が言った。

「おまえ、小田急で帰るんだろう。済まないがこれを下北沢（兄は毬子のことを地名で言った）に渡してくれないかな。振り込みに行く暇もないからな」

兄はそう言って白い封筒を、おれに寄越した。暈のある封筒だった。ちらと奥に視線を投げたのは、一緒に住んでいる女に気を兼ねたのかもしれない。

離婚もせず、かといって毬子と住もうとはしない、しかし、こうして彼女の生活は考えているらしい兄が、おれにはよく解らなかった。

「ほい。ボーナスだ」

兄はおれにも幾許かの紙幣をくれた。どうせ小田急で帰るのだからと、おれは兄の頼みを受け入れた。

当時おれは多摩川に近い（東京から言えば川の向こう側だ）植木屋に住み込みで働いていた。沢山の植木のある広い地所と、昔風の大まかな造りの家に、おれともう一人が住み込み、手不足の時は臨時に通って来る者も入れて、親方と一緒に公共施設から個人の家まで仕事をして回った。売り物である植木の世話もあり、道具や車の手入れもあり、毎日は忙しかった。しかし植木相手の労働は、暴走族上がりのおれに意外に合った。

木も庭も生きていた。人間と同じだった。荒れたり、穏やかだったり、時には疲れ果ててしまったりする。おれはバイクと同じように、もの言わぬ、だが自らの意志を持ち、それを相手に通じさせることもできる樹木を次第に愛するようになった。梢を透かす空の色に魅せられたのも、植木職に就いてからだ。

切るべき枝を判別し、鋏を構える。切り落とす。一度、幹から離れた枝は、もう帰るべき場所を持たない。音立てて枝を切りながら、おれは時々、後悔について、後悔のない生き方について考えた。

親方は職人気質の五十男でおかみさんは親方より年上だったが元気がよく親切だった。初め、おれはアパートに住むつもりだったけれど、親方の家は、仕事さえきちんとやれば窮屈なことは何もなく居心地はよかった。洗面所も風呂も広いのだ。

下北沢に行くのは初めてではなかった。もっとも、前に行ったのはずいぶん前で、兄たちがまだ別居していない頃のことだった。兄が、その家を買った時だったかもしれない。当時でもかなり古い家だったと思う。

駅を降りたのは、もう暮れ方で寒かった。周辺の町並みが、曖昧な記憶とさらに違ってい て、おれは風の吹く中をかなり回り道してしまった。

毬子は家にいた。兄の嫁さんはこういう女だったかと、おれは初めて見る女のように感じた。月のような丸顔で、ふっくらした唇、目がきらきらしている女。細いのに、豊かな胸と、括ったようにくびれた腰を持っている。彼女が一本の木だったら、矯《た》め直したり刈り込む必要はなかった。

古い家の広い玄関に立って、おれは、ぶっきらぼうに兄の用件で来たことを言った。微かな音がすると思ったら、背後の扉をきちんと閉めなかったので、丸まった枯葉が、おれの足元に舞い込んでいた。枯葉、もう生命を持たないそれは、冷たい土間で、生きもののようにカサカサ鳴った。

言葉数を要することではなかった。渡すものを渡せばよかった。

「しばらくねえ。良ちゃん」

毬子はおれの名前を覚えていた。そのことが、ちょっとおれを感動させた。甘い声だと思った。言い方じゃなくて、質がだ。蜂が溜め込んだ蜜みたいだ。毯子の皮膚の色も蜂蜜に似ていた。

封筒の中身も彼女は確かめなかった。無造作に手に持ったままだった。彼女の青灰色のマニキュアをほどこした爪をおれは見つめた。

兄について、何か尋ねられたら、どう答えればいいのだろう?

「ありがとう。こんな所まで来てくれて。上がって、お茶でも飲んでいって。そこは寒いわ」

そう言うと、毯子はおれに背を向けて、こっちよ、とやはり甘さのある声で言った。おれは靴を脱いで上がった。上がってから見たら、おれの靴は、ひしゃげていた。

暗い廊下が折れ曲がっていて、部屋数の多い家らしかった。しかし人の匂いはなかった。毯子の後をついていくと、彼女は突き当たりの扉を開けた。そこだけが明るいキッチンだった。料理の匂いも漂っていた。

おれが呼び鈴を鳴らした時も、毯子はそこにいたのだろう。時代のついた大きなテーブル、冷蔵庫、長い調理台や深いシンク。食器棚も間口の広いどっしりしたものだった。大家族にふさわしいキッチンで、大人や子供たちの声がしないのが、奇妙に思えた。

窓には色の褪せたカーテンが掛かっていたが、その端がほつれているのが目についた。植木屋の習性かもしれない。おれはタバコばかり吸っていた。

その日、おれは夕食を振る舞われた。白いシチューだった。

カリフラワー、カブ、タマネギ、ジャガイモ、マッシュルーム、白いものばかりの野菜が、でかい牛肉の塊と一緒に、おれの前に置かれた深い皿の中で、ブツブツ言っていた。肉はフォークで容易にほぐれるほど柔らかい。そんな肉をおれは食べたことがなかった。

食べているうちに、冷えていた身体が温まり、兄に言われて毬子の家に来る間、どことなく強張っていた気持も緩んだ。

飲み物は？　と聞かれたが、アルコールは断った。

「水よりきついものは飲まないんだ」

いつか本で見た言葉を口にしそうになったが、なんだか恥ずかしくてやめた。

毬子は小さなグラスに、ほんの少しウイスキーを注いで、自分の前にそれを置いた。テーブルの上に、ピスタチオを入れた卵形の、大きさもちょうど卵くらいの容器があって、毬子は時々それを摘んだ。カットのある古めかしいグラスとピスタチオは、毬子に似合って見えた。

熱いたっぷりのシチューとフランスパン、レタスのサラダ。後で紅茶（コーヒーを飲まないおれにはありがたかった）と小さなケーキ、指先くらいの、が出た。あれはエクレアというのだった。

その日の夕食はすべて、おれには、この世の美味に思えた。

住み込み先の食事も決してまずくはないけれど、フランスパンなんて出ない。カレーは出るが、シチューも滅多に出ない。

琺瑯の大鍋にたっぷりのシチュー、毬子は、いったい自分一人の食事のために、それを作ったのだろうか？　おれは、ふと、そんなことを考えた。実際、大家族にふさわしい大きな鍋であったから。

毬子の食事は、帰途、着ていた革ジャンなんか要らないほど、おれを温めた。

「また遊びにいらっしゃいね。今日みたいなんでよかったら、ゴハン食べに来て頂戴」

毬子は黒い瞳を上げて、おれを見た。

ひっそりと沈んだような家の中で、毬子だけがそうでなかった。瞳の光も、理想的なシルエットを描く身体の線の動きも、そして、全体から放たれる活気も、沈滞とはおよそ別のものだった。南の国の若い樹のようで、おれは圧迫された。

帰りかけて、ちょっと見ると、来た時は全く気付かなかったが、門の周囲も、広い庭の方も、木が伸び放題、茂り放題のようだった。そのために辺りの闇が一層深まっていた。

「こら少し手入れしないといかんなあ」

おれは思わず呟いた。おどろおどろしい感じであった。

「良ちゃん、やってくれる?」

「さっぱりして正月迎えたいだろうけど。年内はもう無理だ」

「お正月なんて、関係ない。いつでもいいのよ」

ちょっと投げやりな口調で言いながら、毬子は後ろ向きになって家の鍵を掛けた。古いせいか、なかなか鍵の掛からない玄関だった。

かつてここに住んだ夫婦の鍵も、錆びて掛からなくなっているのかとおれは思いながら、一心に扉に向いている毬子の屈み込んだ背中を眺めた。紺色の、ベルトのついた半コートを着ていた。買い物があるといって、駅まで毬子はおれと一緒に歩いて来た。来た時とは別の、もっと近い道を教えてくれた。

「今度来る時は、こっちから来るといいわ」

並んで歩くと、毬子はおれの肩くらいまでしかない(おれは一八一センチ)。短めのコートをGパンの上に着て、ちょっと少年みたいだった。可愛かった。

兄の話は、食事中も、その後も全く出なかった。おれは彼女が兄の妻であることを忘れそうになった。

駅近く、商店街の一角では、しめ飾りの店が出ていた。裏白の葉が目についた。それはもう乾いていた。

「良ちゃんも、あんなの作る？」

「いや、あれは植木屋の仕事と違うから」

そんなことを話しながら、歳末の町を歩いた。

シチューで元気が出たせいか、近道のせいか、やたら早く駅に着いた気がした。毬子は改札口まで来ると、おれの降りる駅を聞き、機敏に切符まで買ってくれた。

それから、時々、毬子の家に行った。

同輩を連れて行って、庭の手入れもした。まとまりないように見えたが、手入れすると、一昔前のごく普通の住宅の庭として、ほぼ形通りに作ってあるのが判った。

池もあった。おれは冷たい澱みに入り、腐った枯葉や溜まったゴミを掻き出した。すっかり水を替えてみると、意外によい形の池だった。

「メダカ、飼おうかな」、それを見て、毬子は独り言のように呟いた。「金魚はきらいよ」

行く度、毬子は食事を出してくれた。シチューを作るのが好きらしくて、いろいろなシチューが出たが、寒い時だったから、ありがたかった。魚介の入ったのとか、タンシチューとか。スパゲッティやパンが一緒に出て、メシはほとんど出ない。毬子はゴハン粒が好きでないのだ。

おれがもっとも好んだのは、あの最初に振る舞われた白いシチュー、柔らかな柔らかな肉の塊、熱々のジャガイモやマッシュルームの入ったシチューだった。

今も、目に舌に皮膚に、身体全部に、旺盛に湯気を立ち昇らせる深い大きな皿の記憶がある。バターや牛乳、そこに効いたスパイスの匂いは、口に入れる前から、湯気からも味わうことができた。

ここでもシチューは出る。毬子のシチューとは似ても似つかぬシロモノ。消しゴム大の豚肉が僅かに入った、ごった煮だ。こういう場所で食べものにどうこう言う気はないし、実際他のものは許せるのだが、生ぬるくて、粉くさいシチューだけは涙が零れる。毬子のシチューをもう一度食べたい。

寒い夜は、なおのこと全身でそう思う。毬子が懐かしい。といっても毬子を食べたいのではない。彼女が大きな鍋から、たっぷりと皿に入れてくれる（その瞬間の幸せ！）白いシチューが食べたいのだ。
毬子は毬子。テーブルの向こう、湯気の向こうにいる女。大鍋にかがむ女。おれの性欲は、十代でバイクの後ろに乗せて走った幾多の少女によって濫費《らんぴ》した後、相手の実体なしに揮発してしまうようになったらしい。そして毬子のシチューと同じくらい欲するのは、緑のそよぎに触れること。樹と、葉の匂いに包まれたい。葉と葉の間から覗く、空と光を自分のものにしたい。それが、おれの欲情だった。

おれが、あの男を刺したのは偶然だった。潜在的にそうしたいと思っていたのかもしれないが。潜在的なんていう言葉は普段のおれのものではないから、実際の所、よく解らないが。

あの男というのは、毬子の家に始終やって来ていた男だ。車のセールスマンで、行くとよく顔を合わせた。確かにおれよりもしばしば毬子を訪問していたに違いない。毬子は、その男のために大鍋の料理を作っていたのかもしれなかった。
別におれは初めから、その男を嫌っていたわけではない。会えば話もしたし、車で駅まで送って貰う時もあった。しかし、毬子の料理を、ことにシチューを食べる男に面白くない感じを受けたのも事実だ。

ある時、毬子とも無関係なことから口論した。次第に相手も激昂していった。男にはアルコールも入っていた。おれは確かに殺意を抱いたと思うが、相手の目にそれを読んだのも本当だ。

おれは立ち上がった。おれの手に刃物があった。自分でも覚えぬうちに。

同時に絶望みたいなものが身内を貫いた。

あれは、引き返せない！　という絶望だったのか？　ナナハンのアクセルを思いきり吹かして、検問を突破した時に似て、ただ、もっと深く、おれにとっては未知だった絶望。孤独な崖から墜落していくような、めくるめく……。あの瞬間は、今も夜の夢に鮮やかだ。

相手はかなりの傷を負った。計画的ではなかったし、喧嘩の挙句ということで（毬子の言葉もあり）、おれは比較的軽い懲役で済んだ。後で思えば、自分でも解せない事件、避けることのできた事件のような気もしたが、当事者にとって事件とは、常にそんなふうに感じられるのかもしれない。

兄と植木屋のおかみさんが来た。おかみさんは、

「出たら、よそへ行かず、また、うちに来るんだよ。必ず、そうするんだよ。親方も、そ、

言ってるからね」

おれは頭を下げるしかなかった。真面目に勤めよう、と思った。おかみさんは、おれの目を見てうなつき、帰って行った。

兄の方は、おれの事件が毬子の家で起きたことで、自分に責任の一端があるとでも思ったようだ。しばしば顔を見せた。しかし兄と会っても、あまり話すことはなかった。毬子について聞きたかったがやめた。

兄は、毬子と撚りを戻す気はないらしかった。日本橋の女に子供が生まれたと、兄がそれを言った時の、途端に誇らしげな喜びの漲った表情が心に残った。

子供が生まれるって、どういう感じなのだろう？　長く実を着けなかったユズの木が、実をつけたのを見つけて嬉しかった、あんな感じだろうか。

刑務所の工場で働いていると、さまざまな人間に会う。この刑務所は、(暴)が多いが、一見どうして？　と思うような、知的で上品な男もいる（彼は詐欺の常習だった）。恋人と悶着を起こして、おれと同じ傷害罪で入って来た男は、恋人といっても同性のそれだった。時折おれをじっと見る男だ。そのケはないから目を合わさないようにしているが、親切なことは実に親切なのだ。

さまざまな人間の誰にも、時が水のように流れていく。ここに入るまで、おれは「時」というものについて考えたことがなかった。すべてを支配し、昇華させるのは結局「時」しかないのだろう。その寛容、その残酷そして公平でもある「時」、「時間」というもの。

「日が決まったら、迎えに来る」

兄が言って来た。おれは必要ないからと断った。子供ではない。

空気が一段と冷たくなった。朝、だだっ広い工場に足を踏み入れた時、毎日それを感じる。おれのここでの持ち分としての時間は短くなった。正月は多分外で迎えられるだろう。おれの枝は曲がったけれど、幹は大丈夫だと思いたい。

初めて毬子の家でシチューを食べたのは寒い日だったな。あれから長い時間が流れたわけだが。

あの家に毬子は変わらずにいて、大鍋で煮込んでいるだろうか。野菜を切り、肉を炒め、鍋の中で泡立つアブクを掬っているだろうか。また別の「セールスの男」がいるかもしれない。庭の池は朽ちた葉で埋まっていないだろうか。木の枝は伸び過ぎていないか。

おれは外へ出たら、まずタバコを一本吸うだろう。ゆっくり、深々と。

そして、それを捨ててから、小田急線下北沢の駅を目指すだろう。毬子を、じゃなくて、白いシチューの皿の幻、あるいは再びの、めくるめく絶望を目指すのかもしれない。

Ⅲ　運河の家

長い時間運河を眺めて過ごした。小さな頃のことだ。

記憶は明らかにある。しかし、運河の色がどんなふうだったか思い出すことはできないし、なぜそうしていたかも、よく覚えていない。目の前の運河が、どちらへ流れていたのかも。

多分、流れは早いものではなかったから、判らなくても当然だっただろう。学校へは上がっていたが、まだ幼かったのだ。

ただ、ぼくは、運河を前に一人で地面に腰を下ろしていた、野球帽をかぶった自分の姿を、克明な絵を差し出されたように、はっきりと見える気がするのだ。大人になり、何ヵ月か先には父親になろうとしている今も。

おそらく運河の記憶が、ぼくにとって最初の明瞭な風景の記憶だからだろう。運河は大きく幅広く、水際は垂直に固められていた。

ひとりぼっちで運河を見ている、まだ肉のつかない、細く痩せた少年、といえば何か哀れを誘う絵かもしれない。だが、べつにぼくは哀れではなかった。少なくともそんな意識も、さびしさだって、感じてはいなかった。

振り返ってみれば、その当時、世の常とはちょっと違った形の生活をしていたかもしれない。しかし、それが不幸ということではなかったと思う。少年の心は、とても柔らかいのだ。ぼくが不幸だったとしたら、きっと、今でもその感じを引きずって覚えているに違いない。

もう一つの絵。ぼくは父と並んで、やはり運河を見ていた。ぼくは父の手を握っていた。大きな父の手の中に、ぼくの手は包み込まれ、ぼくはぼく全体が包みこまれている、と感じていた。

運河は風のためか雨もよいのためか、不機嫌な表情をしていた。雲が低く垂れて、辺りは真昼なのに暗かった。

風が、ぼくの半ズボンの足元を揺すぶり、父は、手に力を籠めて握り直し、「こわいか?」と言った。

ぼくはびっくりして父を見上げた。父と一緒にいて、何のこわいことがあるだろう?

不意に細かな雨の粒が、ぼくたちの頬にかかった。ぼくたちは、運河に背を向けて歩き出した。運河の表情を背中に感じながら。

運河の向こうには大きな工場があった。低い建物で、横に長く長く延びている。どこまでも続いているように思えた。塀も柵もなくて、その代わり正確に間隔を空けた、これも高くない灌木が運河に面し、ずうっと並んでいた。灌木はいつも整然と刈り込まれ、その向こうの工場の窓も壁も、白く輝くほど清潔だった。

あれは何の工場だったのだろう。建物の尽きる所には、非常に広い駐車場もあったようだ。しかし、不思議に人は見かけなかった。いつも整然と静かな工場だったように思う。運河が大きかったから、物音が聞こえなかったのかもしれない。

運河を前にした地面に建った四角い家に、ぼくは父と二人だけで住んでいた。それは普通の家ではなかった。今考えれば、それは倉庫だった。飯場だったかもしれない。コンクリートの床に、流し場がついただけの所をベニヤ板か何かで仕切り、ほんの一部に畳を敷き、風呂桶も据えた「家」。排水は直接運河に流していたのではなかっただろうか。

天井は高く、窓も高く、ろくに外は見えなかった。大きな引き戸の出入り口だけが開放的であった。

コンクリートの部分はたいそう広かったので、父はそこに粗末な木のテーブルと椅子を置いた。ぼくたちは、サンダルか靴を履いたまま、そのテーブルで食事をした。自転車も、他の畳敷きに持ち込まない物は全部そこに置いていた。といっても、ぼくたちはほとんど物らしい物を持っていなかった。ランドセルと自転車が、ぼくの主たる持ち物だった。

家は運河を前にポツンと建っていて、周囲は草や砂利やゴミや、誰かが以前気紛れに作ったらしい、小さな畑の跡があった。

そこで、ジャガイモの花を見たことがある。言われなければ気付かない、小さな薄紫の花だ。町の花屋で見かけるような花ではなかった。

「ジャガイモの花だ。こんな所に」

と父が教えてくれた。父は、しばらくその花を見つめて足を止めていた。

辺りに他の家は、まるきりなかった。

家の背後は斜面で、その上は舗装道路、道路を隔てて電車の線路がある。道路からぼくの家に降りるには、斜面につけられたもう少し緩くて長い斜めの小道があった。それは正規の道ではなく、人が通るのでできた道といってよかった。そして、人というのは、父とぼくのことで、他には滅多にいなかった。夏は草が小道を覆った。

線路を走る電車は一つの種類ではなく、さまざまな色があり、始終、夜中まで走った。夜中、目覚めてその音を聞くと、ぼくは電車も一生懸命なのだと思った。

父が何の仕事をしていたのか、ぼくは知らなかった。でもぼくたちは、そこで平和に暮らしていた。ある時まで。

朝、目を覚ますと、父は流し台と、それと並んだ台に置かれたガスコンロに向かっていた。広く高い背を屈めて、朝食を作っていたのだ。ゴハンと味噌汁、ハムとか、モヤシを炒めたのなんかを。パンの時には、卵を茹で、トマトを切った。父はトマトを切る時も、慎重だった。外貌に似合わず細心な人だったと記憶する。

畳を敷いた部屋から起き上がると、ぼくは流しで顔を洗い、それから二人で朝食を食べるのだった。

午後、学校から帰ると、たいてい父はいなかった。引き戸には鍵があったが、それは簡単な鍵ですぐに開いた。べつに鍵を掛けなくても構わないような気もした。

ぼくは父が置いてくれてある菓子パンを食べたりしながら、夜になって帰ってくるのを待つのだった。そういう午後、ぼくは、時に膝を抱えて、運河を眺めていたのだろう。重い水の、流れともいえない流れには、見ていて奇妙に飽きない夥しい襞があった。

父親には、運河に落ちないよう繰り返し注意されていた。だがぼくは、自分が運河に落ちることがあるとは考えられなかった。

細くて水の澄んだ、魚でもいそうな流れならとにかく、運河はまるで別ものだった。入りたくもなかったし、入って行けないという意味では、平面的な灰色の壁のようなものだった。

それは眺めるだけのものだった。眺めていると、運河の方で沈黙の中から、語りかけてくれる気がしたこともある。だが、ほとんどの時、運河はぼくには解せない「あるもの」だった。

父が遅い時、ぼくは用意された食事をし、一人で薄い布団を敷いて眠った。そうするのが自然で、別段怖いことも不安もなかったのは不思議だ。

夜の中を伝わってくる電車の単調な響きが、ぼくを夢に誘った。ガタンゴトンガタンゴトンガタンゴトンという絶え間ない繰り返しの間に、時々、にぶいコツンという音が混じった。朝、起きれば必ず父はいた。

そうした一人の夕方などに、時々やってくる男がいた。父は「かっちゃん」と呼んでいた。

やはり、運河の岸のどこかに住んでいたのだと思う。斜面の道を降りてくるのではなく、真っすぐに運河に沿ってやって来るのが、遠くからも見えたから。

父の友達で、仕事を一緒にやることもあると言ったが、普段何をしていたのかは知らない。小柄で身の軽い、顔に皺のある男で、いつも機嫌のよい表情をしていた。夕方ぼくが一人でいると、よくぼくを連れ出し、町の店で夕食をおごってくれた。

そういう時、ぼくたちは小道を上り、夕陽のたゆたう舗装道路へ出る。線路と平行した長い平らな道で、電車は、歩いて行くぼくたちを何本も追い越し、すれ違って行った。夕陽に染まった窓には人がいた。男も女も、たくさんの人が、電車に詰まって運ばれていた。ぺったり硝子にくっついている顔もあった。

あの人たちはみんな、どこへ行くのだろう、ぼくのような運河の家に帰る人もあるのだろうかと考えた。ぼくは滅多に電車には乗らないのだ。

かっちゃんの年は知らなかったけれど、父より若かったと思う。かっちゃんがぼくを連れて行くのは、商店街の中華の店が多かった。ありふれた店でべつに高級ではなく、何でもできたし、主人と親しいらしいかっちゃんは、好みを言うこともできた。

そこの店のヤキソバがおいしくて、ぼくはそれを食べるのが楽しみだった。固いヤキソバに、滲みをつけた野菜や、海老やナルトの切れ端なんか掛かっているやつだ。

ぼくは、それにいっぱい酢をかけて食べるのが好きで、卓上に酢の瓶が出ているのが気に入っていた。ぼくが、運ばれてきたヤキソバに、瓶を傾けたっぷりと酢をかけるのをかっちゃんは初め不思議そうに見た。後では慣れてしまったけれど。

「そんなことして、おいしいかい？　清ちゃんは変わってるねえ」

「おいしいよ。すごく」

ぼくは、そう答えて、勢いよく割り箸を割り、大きな皿に盛り上がった、温かいヤキソバに取りかかるのだった。

かっちゃんは、いつもギョウザと他に何か一つか二つ注文して食べた。テレビの野球に目を遣ったり、店の主人と冗談を交わしたりしながら。食べるのは早くて、ぼくよりずっと先に終わってしまう。

すると、かっちゃんは、忙しい主人を手伝い、身軽にカウンターから他のテーブルの客に料理を運んでやったりするのだった。

食事が済むと、かっちゃんは、ぼくを送って来てくれる。

ぼくたちは満ち足りたオナカと心を抱いて、また線路に沿った道を帰った。電車は、そんなぼくたちを相変わらず轟音を立てては、次々と追い越して行く。きりがなかった。電車って、国中に幾つくらいあるんだろうな、とぼくは思った。

帰ると明かりが点いていて、父が帰っている時もあった。父とかっちゃんは缶ビールを飲み始める。ぼくは宿題を思い出して、それを広げたりする。父とかっちゃんの笑う声、缶ビールを次々と開ける音を聞きながら。

父が、「清、サーディン食うか?」と言う。

ぼくは頭の片方で、算数の問題を考えたりしながら、父が渡してくれた割り箸で、その油にまみれた小さな魚を食べた。こんな魚が運河にいるだろうか? と思った。

父たちはいつまでも話している。ぼくは、かっちゃんがいつ帰ったのか知らず、眠ってしまう時が多かった。そうして電車の音が微かに響く、だが深い眠りを眠ると、知らない間に朝になっているのだった。

学校へ行く時は、運河に沿ってしばらく行くと、大きな橋の下に出る。その橋の脇から危なっかしい狭い石段を上がると広い道路があり、左に行けばそのまま橋上となる。学校は右手、橋とは反対の方だった。

学校は楽しかった。女の先生で、それまでぼくは、大人の女の人に接したことがほとんどなかったから珍しい気がした。きれいな声がぼくの名前を呼ぶと、なんとなく胸がドキドキした。

父と、かっちゃんと、ぼくの三人で商店街の店に夕食を食べに行く時もあった。父が幅も身長もあるのに対し、かっちゃんは小柄で細かったから、後ろから眺めると「大小の男」が並んで歩いている感じだった。

ぼくは父のように大きくなりたいと思った。父は力もあったし、運河に沿って競走しても、足が速かった。でも、ぼくはいつも機嫌のよいかっちゃんも大好きだった。

ぼくたちは、かっちゃんと行く中華の店だけでなく、トンカツとかカレーライスの店にも行った。ぼくの行きたいハンバーガーの店には、父たちは気乗りしなかった。

中華の店では、ぼくは相変わらずヤキソバを頼んで、酢をいっぱいかけ、かっちゃんがやっぱり、「それ、うまいのか？」と聞くのだった。父は、ぼくをちらと見て、何も言わなかった。

そういう往き帰りに、時々、線路に沿った道にある一軒の店に寄ることがあった。

その辺りは、普通の家が多く、店はほとんどなかったが、父が寄るのは、時計や指輪なんかを売っている店だった。

二階建ての古い建物で、一階が店だが、店の中はなんとなくごたごたしていた。ショーケースがあるかと思うと、浅い引き出しの幾つも有る箪笥があったり、どこが中心だか判らない店だった。全体にすべてが古びている。時計もたくさんあったが、それらの指す時刻はみな違っていた。

父はべつに何かを買うではなく、太った主人と、店の奥への上がり口に腰を掛け、低い声で話をしていた。二人がいる辺りは薄暗く、その奥の部屋は、もっと暗かった。太った主人以外、誰もいないのか、いつもひっそりしていた。ぼくは、店の外で電車を眺めていた。かっちゃんが一緒の時は、彼もやはり中に入らず、父が出てくるのを待っていた。

振り仰ぐと、店の上に横長の看板が掛かっていて、それは通る人より、電車の人に見せるための看板のようだった。人通りのあまりない道なのだ。でも看板は、電車から外を眺めている人には、よく見えるに違いなかった。

店の名前に続いて「貴金属、時計など鑑定、修理、買い取りいたします」と書いてあるのだと、かっちゃんが教えてくれた。ぼくには興味がなかった。

――そういう日々がどれくらい続いたのか。ぼくは二年生になり、三年生になった。前より大きな自転車を買ってもらった。それに乗って、運河に沿って遠出することもあるようになった。道らしい道ではなかったが、平らで誰もいないので、走りやすかった。運河は、いつもぼくの傍らにいた。運河についていさえすれば、迷う心配はないのだった。運河が、一人自転車を漕ぐぼくを見守ってくれた。

大きな橋の下をくぐってさらに走ると、違う町の眺めが広がって、もうそこは電車の線路からはいつのまにか遠ざかっているのだった。高層ビルが見え、そのメタリックな建物が空に突き出るように輝いていた。ぼくは運河のそばを離れなかった。自転車を向ける先に未知があっても、運河が付いて来てくれる限り、安心な気がした。

行く手の遠くに、また違う橋の姿が小さく見えた。運河は幾つもの橋をくぐっているのだった。その時だけ、悠然たる運河も頭を押さえつけられる気がするのではないか、と感じた。ぼく自身、橋の下は好きでなかった。

橋の下で寝ている人を見かけたこともある。橋の下でも段ボールの上に、きちんと布団を敷いて寝ていた。古びた自転車や鍋などを周りにおいて。

それでも、運河がどこまで行くのか、ぼくは知らなかった。そうだ。ぼくは何も知ってはいなかった。

日々を眠り、食べ、学校に行き、父やかっちゃんと話した。両親がいる他の子供とは違っていたかもしれないが。ぼくは幸福だったのだ。父や、かっちゃんは、ぼくをあまり子供扱いせず、対等に扱ってくれた。そのことは、彼らと会うことがなくなって久しい今、とてもよい思い出になっている。運河の記憶とともに。

ぼくも、自分の息子には対等に話す父親になるだろう。

今、ぼくは妻と小さなマンションに住み、小さな会社に勤めている。夜、会社から帰ると、妻の膨らんだおなかをほのぼのと見る。エプロン越しにそっと手で触れてもみる。生まれるのは男の子である。大人になっても、自分は、父のような屈強で精悍な男にはなれなかったが、子供は、父のようになってほしいと思っている。

父に関してだが……ぼくはある時から、全く会っていない。あの運河の家、実際は倉庫に違いなかった、奇妙な家で、ぼくたちは楽しくやっていたのだが。


ある時、梅雨の頃だった。二晩、父が帰って来なかった。そして見知らぬ人が数人家にやって来た。駆けつけたかっちゃんに、ぼくは外へ連れ出された。その日、かっちゃんはぼくに映画を見せてくれた。

それから、突然、本当に突然、「母」という人が現れ、ぼくを彼女の家に連れて行った。どうしてそういう事態になったのか、ぼくには全く判らないまま。

父が帰って来なかった晩に泊まってくれたかっちゃんが、

いたに違いない。

「お父さんが、そうしなさいと言っている」

と、「母」と行くことを勧めなかったら、ぼくは、おそらく運河の家でずっと父を待って

かっちゃんに、ぼくは尋ねた。

「父さんは、どうしたの？　どこへ行ったの？」

ぼくは泣き出しそうになっていたに違いない。ぼくは父が好きだったし、ぼくのすべては父によって成っていたのだから。

見知らぬ女の人となんか行きたくなかった。たとえ、どんなに優しそうな人であっても。事実、彼女は優しかったのだが。

運河の家から離れたくなかった。ぼくはその時途方にくれ、靴を引きずって、前の運河の間近まで行ってみた。運河が何かを語ってくれないかと思ったのだ。ぼくが取るべき行動についての示唆を。

しかし運河は沈黙したままだった。流れるともなく、灰色の細かな襞を見せながら、そこに在るだけだった。いつも、あんなに、ぼくを守っているように見えた運河であったのに。

ぼくの生活は激変する。ぼくは、母という人に連れられ、運河の家を離れ、電車に長く乗っ

て、遠い、その人の住まいに行った。何も考えられなかった。呆然と、半ば放心したように、大人のなすがままだった。子供の無力であることを、はっきりと心に刻んだ。それとも子供だからではなく、ぼく自身の性格がそうだったのだろうか。

次の住まいは町の中の美容院だった。

それまでと異なり、ぼくは女の人に囲まれて生活するようになった。これは息苦しく、また周囲に何もない運河の家と違って、小さな家々に囲まれた住まいも息苦しかった。その上、美容院の特殊な匂いがあった。風の吹き通る、運河沿いの空地が懐かしかった。けっして、きれいな空地ではなかったのだが。

奇妙なことであるが、ぼくは何も知らされず——自分に母が存在したことさえ——保護する人が変わり、転校し、美容院の二階の六畳を与えられ、新しい着るものや何かをあてがわれ、トコロテンでも突き出されるように、違った生活の中に突き出されたのだ（トコロテンが器に蹲るように、ぼくも、与えられた生活に蹲るより仕方なかった）。

今でも梅雨になると、父が帰って来なかった夜が蘇る。闇と、湿った重い空気に、自分の中の少年が反応する。妻の傍らで目覚めながら、運河の家の寝床で不安に鷲摑みされた、そのままの気持ちになる。そして、この時、不思議に妻が見知らぬ人に見えるのだ。

父がいなくなった理由を知ろうとしなかったのはなぜだろうと、後になってよく考えた。まだ低学年の小学生だったせいもあるが、その時のぼくは、新たな生活に適応するだけで精一杯だったに違いない。そして、ぼくにそのことを周囲に尋ねさせない何かがあった。ぼくは、それを感じていた。朧な危険の匂い、父の魅力といっていいものと一体である、それを。さらに成長するとともに、母の意を汲むようになった。母は父については、何も語りたくないらしかったから。——後になってぼくは故買屋という言葉を知った。

母という人は、小さな美容院を経営し、以後ぼくを育ててくれた。優しい人だったが、ぼくが大学を卒業した年に死んだ。その時までにも、父に関して母は何も言わなかった。書いたものも残されてはいなかった。写真が数葉あっただけだ。

運河には高校生の時、一度だけ行って見た。もう、ぼくたちの家だった倉庫はなく、茫漠たる空き地だけが広がっていた。

運河とその向こうの大きな工場はそのままだった。あまりにも——そのままであった。刈り込まれた低い木の姿も、清潔な工場の壁や窓も、ちっとも変わっていず、それを見る限り、時が流れたと思えなかった。小学生の自分に戻ったような気がした。背後から伝わってくる電車の音も変わらなかった。

運河を眺めている自分がひょいと振り向けば「倉庫の家」があり、かっちゃんが運河に沿って、手を振りながら大股で歩いて来る、と感じた。皺のある機嫌のいい笑顔を、ぼくに向け、いっぱいにひらいて。その光景が現実めき、ぼくは混乱した。いつ、どこで何が違ってしまったのだろう。

あの線路沿いの店、時計や貴金属を扱っていた店もなくなっていた。古びた店ではあったが、そのまま歳月を越えて、いつまでも、そこにあり続ける店のように見えたのに。

運河も線路も、道路の周辺も変わっていないのに、その店と、そして、ぼくたちの運河の家だけが、まるで、あったことが幻のように、失われていたのだった。

父や、かっちゃんの行方は判らなかった。思いついて、また別の時、かっちゃんとよく行った商店街の中華の店に行ってみた。それはハンバーガーの店に変わっていて、屈託なさげな若者で満ちていた。かっちゃんがいたら、舌打ちしたかもしれなかった。

母は知っていただろうか。ぼくには、それも判らない。母と息子というのは、特にぼくのケースのような場合、他人めいた礼儀に似た感情がつきまとい、関係を規制するらしかったから。

しかしぼくは、母が本当の母だということは信じた。母は、赤ん坊のぼくを抱いた写真を見せてくれた。そこには父もいた。父と母は明らかにある時期、夫婦だったのである。

この写真は今も手元にあるが、そこでの父は快活に笑っている。ぼくの知っている父のようではない。全体にひどく無防備な印象のせいだ。

父は、断じてそのように緩んではいなかったと思う。ぼくは父のようになりたいと思っていた。

写真の父は、父であることは事実だが、何か間違いでもしでかした人のように見えた。ひょっとすると（今のところ、ぼくはそう思ってはいないが）、結婚したり子供を持ったりすることは、ある人たちには「人生における間違い」なのかもしれない。

母のことだが――おかしなことに――母は、ぼくと同じようにヤキソバにふんだんに酢をかける習いがあった。

一緒に暮らし始めて間もない頃、ぼくはそのことに気がついた。

ぼくは酢を使ったものが好きだが、母もまた、そうなのだった。母の台所では、酢の瓶は常にかなりの早さで減っていった。酢が、ぼくたちの紐帯だった。

大学生になった頃、あらためて父を探そうとしたことがある。母には言わなかった。それが徒労に終わり、ぼくは次には、父がぼくに会おうという意志を持ちさえすれば現れるだろうと信じたが、これも現在まで叶っていない。不思議な親子関係だったと考えざるをえない。

母との間も、だ。母とぼくは傷つけ合わないように、という互いの気持ちが常に優先したと思う。ぼくは叱られた覚えがない。いつも「さん」付けで名を呼ばれた。言ってみれば、はかない関係だった。

ぼくと、これから生まれる子供とは、そんなふうにはならないだろう。妻と子供の間も（妻は盛大に子供を叱るかもしれない。子供には、叱責も要るのだから）。

彼らを守って、ぼくは一生懸命生きようと思うのだ。父と母だって、明らかにぼくを守ってくれたのだから。そして、あのかっちゃんも。

懐かしい運河の記憶も、日々の現実の前で（妻の膨らんでいくおなかの前で）、少しずつ遠のいて行く。運河の水は、もし飲んでみたら、酢の味がしたかもしれないな。

〈著者紹介〉
安田 萱子（やすだ かやこ）
日本現代詩人会会員
詩集『イヤリング』『かるかや日記』他
評論集『読書の溺死』

七つの愛の物語

2023年12月8日初版第1刷印刷
著　者　安田萱子
発行者　百瀬精一
発行所　鳥影社（www.choeisha.com）
〒160-0023　東京都新宿区西新宿3-5-12 トーカン新宿7F
電話　03-5948-6470，FAX 0120-586-771
〒392-0012　長野県諏訪市四賀 229-1（本社・編集室）
電話 0266-53-2903，FAX 0266-58-6771
印刷・製本　モリモト印刷

ISBN978-4-86782-056-8　C0093